文
景

———

Horizon

11元的
铁道旅行

刘克襄 著

上海人民出版社

目录

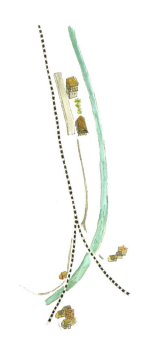

高速风景

风物寻味

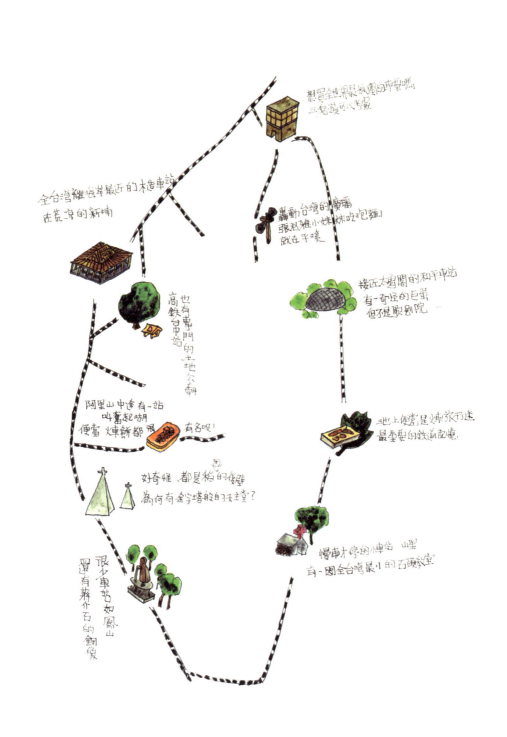

想看全世界最孤獨的車票嗎
三貂嶺可以考慮

全台灣離海岸最近的火車站
在荒涼的新埔

轟動台灣的廣播
張君雅小妹妹吃泡麵
就在平溪

接近大海闊的和平車站
有一奇怪的巨蛋
但不是歌劇院

高鐵台中站
也有專門的土地公廟

阿里山中途有一站
叫奮起湖
便當 火車餅都很 有名哦!

地上便當盒是火車旅行迷
最重要的鐵道記憶。

好奇怪,都是神的像雕
為何有金字塔的的天主堂?

慢車才停的小車站 山裡
有一個全台灣最小的石頭教堂

很少車站如鳳山
還有蔣介石的銅像

11元的铁道旅行

台湾最慢的火车，最短区间的里程，最便宜的旅次，票价是 11 元。

比如，池上至富里、寿丰至志学、万荣至凤林之类。有趣的是，如今它们几乎都集中在花东纵谷。

质言之，11 元潜藏着，缓慢的节奏、淳朴的生活、迷人的风物。更凑巧的，"11"也隐含着另一层意象："我是坐 11 路来的"，以两条腿旅行。

十多年来，我的漫游，如是不断地实践着。从东部到西部，从北回到南回。甚而，从台铁到高铁。

我保持高度的浪漫，有一点怀旧。自得其乐地，发挥到极致。

为何如此执著？

这种情境自童年延伸出来后，似乎未曾断奶。五岁尚未离开乌日九张犁时，大清早，祖母带我到水田插秧，旁边就是铁道。小学时就读台中大同小学，旁边也是铁道。

再大一点，居家离铁道远了。自己在房间玩火车，依旧兴奋地搭建各种复杂的路线，搜集各种材料。努力造桥铺路，甚而兴建市镇。年纪更大时，我的热情持续不减，搜集各个年代的铁道图，绘制车站周遭环境。继续摸索消失的车站，发掘新增车站的妙义。

年少时玩火车，可以关在房间内一整天。现在迷火车，仿佛一辈子都可以锁在台湾。尽管铁道消失很多，铁道交通仿佛没落了，但我的铁道记忆，不只横向拓展，上下亦根须般纵深。悄然地，从小苗，似乎有了乔木的身影。

百年前，火车出现在台湾时，凡其驰骋停靠之地，往往带来剧烈的生态环境破坏。如今火车沿着铁道行驶，载着多数人来去，不再喷出浓密的黑烟。相对于，汽车的随意来去，一二人成行，消耗大量的石油，它反而变成较为环保的交通工具。

火车的来去拘限于固定路线，轨道不轻易随山势起伏，仿佛减缓了人类破坏土地的面积。铁道事物乃逐渐变成守旧的代名词。火车停在面前，或者一条铁轨的横陈，都明白地告诉你，"很抱歉，我只能这样，只能到此，其他就靠你自己了。"

靠什么方式呢？下了车，我几乎都用走路。我的铁道旅行，大抵是以这种节奏存在的。常以车站为中心，在周遭不断地漫行、散步。不论大站小站，喧哗寂寥，我好奇地寻访市井乡野。

铁道不是一把尺，而是圆规。车站为针尖脚，我是那活动的铅笔脚，慢吞地画出半径或圆圈，丈量着经过的大城大镇小村小落。透过此类铁道旅行，我的书写当然更无法自满于硬纸票、号志灯、转辙器之类的元素，或者怀旧地寻访老车头。我经常脱轨，溢出铁道的思考范畴。

我不是一个铁道迷。或者，我是另一种，11元那种，大家还不认识的铁道迷。我酷爱小题大做，牵扯很多乍看跟火车无关的内容。但或许，这才是真正的铁道风物，只是过去搭火车的人较少注意。

高铁是另一类型的火车，速度较快的火车。它的出现，我不得不把自己的旅行地图画大一些。但仍是我的边界，仍是11元的内涵。我学习，从快中找慢，从科技中发现自然。也借由高铁经过的新地理，接触到另一个台湾，另一个自己。

这本铁道旅行搜集了千禧年以来，我在各地搭乘台铁和高铁的见闻。一个人的，结伴的；也有上百人旅行，像候鸟的集团迁徙。对我而言，铁道不只是旅行，它还是乡土教学，也是环保教育，自然教学不可或缺的课程。

搭火车是快乐而知足的旅行。凡铁道周遭的饾饤小物，都想悉心摩挲，抽剥出兴味。

搭火车是环保而简朴的旅行。花费很少，却耗费很多时间。但那是用最轻微的自己，在接触这片土地。

搭火车是安全而缓慢的旅行。我把自己交给一辆驶向远方的列车，仿佛把自己的一辈子交给另一个人，脑海却更从容地，面对世界。

我像小孩子在野地探险，活蹦乱跳，消耗不完活力。自以为有一个秘密基地，自己是首领。在铁道的世界里，我永远长不大，也不想长大。持续握着11元的车票。

喧哗旅驿

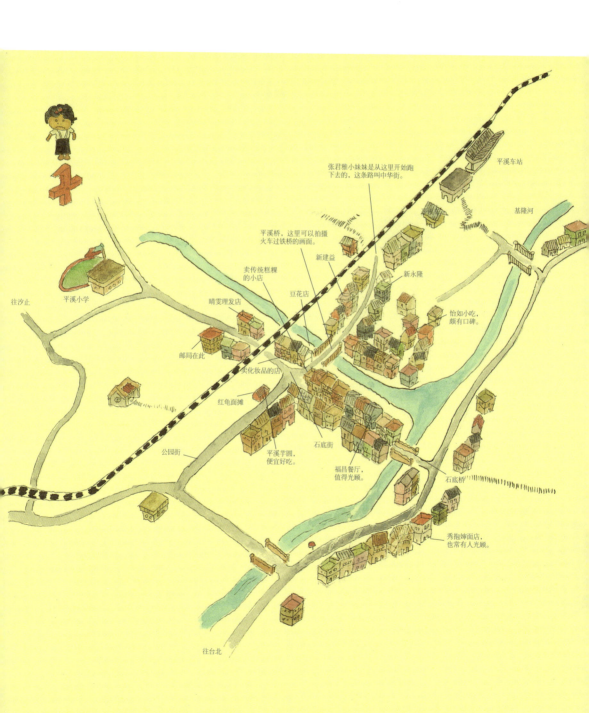

往汐止

平溪小学

张君雅小妹妹是从这里开始跑下去的，这条路叫中华街。

平溪车站

基隆河

平溪桥，这里可以拍摄火车过铁桥的画面。

新建益

新永隆

卖传统糕粿的小店

晴雯理发店

豆花店

怡如小吃，颇有口碑。

邮局在此

美化妆品的店

红龟面摊

平溪芋圆，便宜好吃。

公园街

石底街

福昌餐厅，值得光顾。

石底桥

秀抱姊面店，也常有人光顾。

往台北

平溪站

孝子山、慈母峰等崖壁，艳
红鹿子百合偶然可见。平溪
小学也在复育。

孝子山、慈母峰，
被称为平溪线的小黄山

张君雅小妹妹的小镇

电视广告里，村子的广播器大声放送着："张君雅小妹妹，你家的泡面已经煮好了，你阿嬷限你一分钟以内赶紧回去呷……"这时只见，仍穿着学校白衣黑裙的她，套着笨重的木屐，喀隆喀隆，着急地跑下石板道的巷弄，赶回家去。

这一淳朴的小镇画面，相信大家都还印象深刻。张君雅跑过的石板道叫中华街。如果这是真实的故事，我猜，她本来可能正在铁道边和同学玩耍，那儿有一家打铁铺，老师傅已经很少开炉。

此段中华街约一百公尺。按理，张君雅小妹妹跑下去的时间，可能是下午放学没多久，也有可能是暑假。

总之，这时段绝不是节假日。如果是那时候，张君雅一路跑下去，绝对会撞到许多游客。甚至，根本不用跑了。街上太多游客的喧哗声，再如何广播，恐怕都没几人听得清楚泡面的讯息。

张君雅赶回家的路上，会先经过几家仍在营业的老店。右边的新建益商号，里面摆列着五金和农耕器具。三四十年前惯用的农家物件颇

这段铁道有什么好拍的？答案在15页。

平溪站

节假日时，旅客太多了。一位女生机灵地在车站后面找到一方小天地。

平时，一位中年妇人固定开小货车到平溪贩卖蔬果，补充此地的食材。

多。老板娘最爱津津乐道，张君雅跑下去的场景，仿佛昨天才发生。一提到她，好像在谈出嫁的女儿。

斜对面则有一家杂货行，叫新永隆商店，贩卖一些传统的食材，都会罕见的萝卜丝、红花米等，这边还相当常见。它的旁边是一间此地著名的顺发黑猪肉铺，这时可能打烊了。

张君雅继续跑。越过平溪桥前，桥头有一家咖啡简餐店，但经营没多久就歇业了。此一早夭，告知了，此地并不流行咖啡这种时髦饮料。隔邻的菁桐迄今约有八九家，这儿却一间也难以维生，显见两个小镇间，在生活内容与观光发展上，势必有着微妙的歧异。

老太太的芋圆是自家手工制作的，物美价廉。

越过平溪桥时，旁边墙壁漆涂着爱护小区、关怀他人之类的标语和漫画。这些图文被刻意彩绘，似乎突显了，此一小镇意欲维持的民风。

随即，张君雅来到了小镇惟一的十字路口。

如果她家在左边，沿着这一方向的石底街，起始就是间卖稻草粿粿和刺壳粿等乡土糕食的小店。但这款时日，没什么客人，制作的老人多半在二楼休息。

只有对面的手工芋圆依旧热卖，便宜大碗，芋头又特别香。美好的口碑，早就传开甚久。晚近，它也常被拿来和九份的芋圆比较。此间的芋圆原料主要来自大甲，早年是一位老先生经营，后来由外甥女承继，

福昌餐厅以传统办桌料理出名，菜肴丰盛，适合一桌人共享。

洗完脸，抹上真珠膏，一瓶搞定！阿嬷的保养就是这么简单。

已经开了三十多年。

　　张君雅若住得更远，接近石底桥那边，她还会经过更多店家。比如，她偶尔感冒要拿药的瑞安诊所，专卖豆饼和中药草的杂货铺，还有名闻遐迩的福昌餐厅。这家店以传统的办桌料理出名，在餐厅从事炊煮工作的，都是老妪和老汉。平溪小镇的餐饮特色，当以此店为鸪首。

　　张君雅的家若是从十字路口继续往前，那儿是公园街。一家倚着铁道斜坡搭起的小摊，叫红龟面店，生意挺兴隆的。一对小姊妹花放学后，常在这儿帮忙父母。节假日，更常忙得不可开交。她们都就读平溪小学，学校就这么一百人，张君雅一定认得她们。

豆花店旁的杂货铺，不止卖女人的化妆品，还有"男子汉"木屐。

不晓得在这儿能不能剪出和张君雅一样的发型？

　　假如张君雅的家位于学校附近，她应该向右转，经过装潢焕然一新的山泉豆花店，还有那间主要贩卖着阿嬷化妆品的杂货铺，里面还陈列着救面真珠膏、白熊脂润肤霜和明星花露水等旧式的化妆保养品。她若继续往上跑，旁边就是每隔一段时候，都得去剪头发的晴雯理发店。然后，再过去，从立着绿色老邮筒的邮局，往上瞧，小学校就不远了。

　　笼统说来，不论张君雅跑向哪一边，这一个范围大抵是平溪小镇最热闹的精华区，也是节假日时，观光客最爱走逛的老街。

　　我却喜欢非节假日到来。黄昏时，徜徉在街道上，想像着张君雅小妹妹跑过石板道，踩踏出响亮的声音，以及那急切的表情。

非假日时，徜徉在平溪的石板道上，最能感受小镇的淳朴风情。

许多铁道迷偏爱捕捉火车过铁桥的悬空画面。对不起，我没等到。

平溪站

平溪桥边醒目的标语和漫画，让小镇更添怀旧风情。

　　我也会看到张君雅的同学们，在这条老街周遭的角落，继续他们的捉迷藏，或者在基隆河钓鱼。也有的，在家里帮忙做生意，或照顾着店面。这里有老人缓慢的声音和身影，但也有很多孩童稚嫩而嘈杂的欢笑声，支撑起平溪小镇的岁月，也活络了近邻的十分和菁桐。

　　只是，晚近听闻，平溪线三小镇的三所小学，因招生不足，可能要合并为一所。其中的两个小镇，将会没有小学。这是晴天霹雳的可怕消息。你能想像菁桐竟无小学，十分老街也没有孩童来去的情景吗？小镇只剩下老人和外劳，它还有什么朝气？

还有，这个废校政策，其实也跟我们的旅游休闲息息相关。它们或许不是什么充满建筑特色的小学，值得参访。旅游指南里，也不会有这些小学的介绍。但走进校园参观，都能清楚感受此地师生的用心。

这是三所不同风貌的乡村小学，各自摸索着地方的日常风俗。当来自都会的孩子看到这些乡下孩童对待自然的角度，以及呈现的作品，一定感触良多。大人也会有一个对照，了解乡下的孩子，如何在计算机网络不发达和没有便利商店的地方成长。

除了天灯、瀑布、煤矿和火车，平溪线的美好，更在于，还有这么几所充满特色的小学。这一个面向，始终被人忽略。三个小镇，三所近百年小学之存在，让平溪线呈现细腻的多样化。张君雅小妹妹能够无忧无惧地跑过街上，也是因为这些学校强调乡土与自然教学。

在这些偏远的小镇巷弄，除了老人，继续有小学的钟声，以及孩子嬉戏的笑声，平溪线才算正常地活着。(2008.3)

往五分山和暖暖之古道

成安宫是间
妈祖庙

十分小学

三姊妹天灯

民国35年创设的
周万珍饼店在此

凉亭常有人剥箭竹笋

榕树下
米粉汤

十分桥

往双溪

基隆河

十分切仔面
也很有风味

楼仔厝民宿简餐

附近很多田
地栽种箭竹

南山村

静安吊桥

106县道，有几摊小贩
摆售自家蔬菜。

通往台北

十分车站里有各种硬纸
票和明信片，"十分幸
福"站牌也在此。

平溪线惟一的臂木式号志机

十分站

珠葱，香而不呛，
简单清炒就是美食。
十分老街的餐饮店
提供这道当地栽植的蔬菜。

幸福车站在哪里

在平溪线旅行，步入十分车站时，游客不免会看到铁道故事馆的一角，摆放着一个白色的屋形木牌，标示着"十分幸福"。

等到了最后一站菁桐，车站隔壁的甘仔店，门口边也竖立着一个醒目的屋型木牌，书写着斗大的"菁桐←→幸福"，凡抵达菁桐者势必望见。

邂逅这两个车站的木牌后，相信许多不熟稔平溪线的游客，都会以为，十分和菁桐之间，好像还有一个叫"幸福"的车站。

再者，沿着各站的老街走逛。好几间商铺摆售的硬纸票和木板明信片里，除了平溪线各站的地名，也会看到"幸福"，夹杂于"追分成功"、"永保安康"等著名车站之间。再加上，诸多"幸福"的装饰物件，仿佛真有此站的存在。

于是，有一回节假日，我便亲眼邂逅了这样的趣事。那天，从菁桐搭乘下午三点十一分的柴油车回家。这一班往往挤满游玩结束，赶着回到都会的游客。从起站，我就被迫挤在车门口。

臂木式号志机是铁道的红绿灯，红色的臂木下垂表示进路开通，平举则是险阻。

不晓得谁出的鬼点子，"十分幸福"抢眼地坐落于车站一隅。

抵达十分车站时，等候上车的游客更多了。一对热恋的年轻男女挨上来后，甜蜜地拥着，紧靠在我旁边。一会儿后，女生困惑地问男友："十分过去了，幸福在哪里？"

那男的竟自以为是地回答："可能在中途某一站，火车刚刚经过，我们没有下去。"

我听到了，差点笑出声。现在的孩子真是五谷不分，村镇不清啊！

紧接着，我突然若有所悟。啊，还真得感谢他呢！多幸经此一误打误撞的白目回答，我竟萌生了一些感想。

其实，真有"幸福"这一站的，只是这一站不在台湾。

在哪里呢？地点还真遥远，竟远在日本北海道，札幌市北部，一个

买张木板明信片，盖印撰文，不论寄给自己或友人，都超有 FU[1]。

叫幸福（Kofuku）的小镇。那儿还残存着废弃的铁道，以及一个废弃的车站，幸福驿。

那里地处偏远，没有热闹的聚落，缺乏住宿设施。想要造访它，恐怕还得空出一整天，专门走访一趟呢。

但这样的幸福，值得吗？有些日本铁道迷还蛮喜欢的，他们宁可选择这一个旅游指南不会提到的另类景点，特别前来观赏，再写张"幸福"的明信片，寄回家里。不知，同样喜爱汉字深意的同胞们，对这个地方是否好奇？

我倒是有一个古怪的想法，或许日后，可以把这两座绝不可能连接的车站，以心灵相通之意，来个跨海的姊妹站结合。

---

[1] FU：即"feel"，超有 FU 就是超有感觉的意思。——编者注，下同

周万珍饼店的传统糕点曾是平溪线最夯[1]的伴手礼。

前些时，我去十分小学讲演，顺便跟当地小区的朋友分享此一有趣经验。进而鼓励他们，或可跟北海道的幸福小村联系看看。以前不少日本人在平溪线采过煤矿，说不定还有令人更意外的联结呢！

没想到，这对情侣的滑稽对话，竟激发我产生如此联想。再换另一个角度思考，我或可微妙地说，打开平溪线的地图，确实是没有幸福这一站。但幸福这一站，也可能潜藏在心里，是不能说的。

那是整个过程的享受，当你的旅行满意了，每一站都会是幸福的车站。假如你的旅行寻常，只是吃吃喝喝，可能就到达不了那幸福的

---

[1] 最夯：最热门的意思。

对我而言，老木桌、老木柜是甘仔店的灵魂。十分老街上还有旧时的甘仔店三四间。

地方。

后来，在一趟平溪线旅行里，我如此跟随行的高中女生解释。她们似乎懵懂未知，却又一针见血地，有着另类观点的反应。按她们的意思，好像只要能够出来，不用待在家里，就是幸福了。

果然，十七岁是寂寞的！

日后，又有一回，非假日，从十分搭火车，经过奇险的眼镜蛇瀑布以及瑰丽的十分瀑布。再穿过低海拔罕见的蓊郁森林，悄然抵达大华站时，我竟有着被原始大自然洗礼的快乐，因而更加感怀。

在老街上小坐，喝咖啡时，或许火车就会缓缓经过身边、经过菜摊。十分老街就是这样活着的。

其实，华者，花也。我们常以幸福花开，形容事情的圆满。大华乃花朵盛开之意。十分大华，不就是十分幸福更深层的情境吗？

再者，循十分老街徜徉，跨过旁边的静安吊桥，就是南山村了。看到"南山"二字，除了陶渊明的"采菊东篱下，悠然见南山"，脑海不免还浮升这些诗句：

　　君是南山遗爱守，我为剑外思归客。

　　　　——苏东坡《满江红》

君言不得意，归卧南山陲。

——王维《送别》

北阙休上书，南山归敝庐。

——孟浩然《岁暮归南山》

南山，在骚人墨客的心境里，乃一世外桃源的象征，避离乱世的隐居之地，不一定真有此乡野。

惟隔着基隆河，吊桥对面却真有此一南山村。二排街屋之外，好些素朴的农家沿着一〇六县道稀疏坐落，炊烟零散。平常时日，常有三四名妇女，蹲坐路边，各自摆售着自家的蔬果。或珠葱或箭笋或角菜不等，果物新鲜，价钱合宜，都是当地特产。以前经过时，常停车买一二小物，活络地方产业，兼及增广生活见识。

想起大华望及南山，我都觉得是十分近邻的美好，不免怀念起那对年轻情侣，真希望有机会再遇见，告诉他们，幸福就在十分旁边。下一次，有机会还要再来啊！（2007.9）

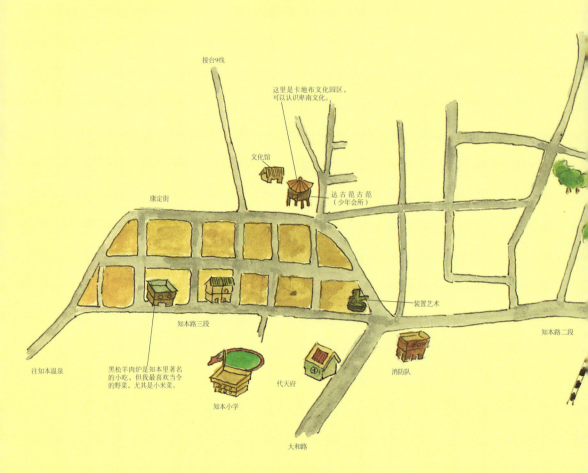

接台9线

这里是卡地布文化园区，可以认识卑南文化。

文化馆

达古范古范
（少年会所）

康定街

装置艺术

知本路三段

知本路二段

往知本温泉

黑松羊肉炉是知本里著名的小吃，但我最喜欢当令的野菜，尤其是小米菜。

代天府

消防队

知本小学

大和路

知本站

知本车站有两个月台，
节假日很热闹。

往台东市区

小米菜俗称狗屎菜，
小时候在台中还吃过，
味道不像一般野菜，
有种奇异的口感。很好吃。

到了台东的原住民部落，
小米田很容易就在田间小路
邂逅了。

遥远的家园

有一回，在某一文艺营里，讲了一则火车的有趣故事后，我鼓励同学们也试看看，叙述自己搭乘火车的特殊经验。

或许都喜爱写作吧，踊跃上台的，还真不少。结果，流浪的、失恋的、感伤的、幸福的……，都有人叙述了。那一堂课，学员和我在短短的两小时里，仿佛搭乘同一班列车，和不相识的旅人，分享着各类缤纷人生。每个人都有自己独特的生活体验。我们虽初识，透过火车旅行，生命情境却拉得很近。

而那天，大家印象最深刻的，或许是一位阿美族同学了。她的绰号叫 Seven。

听到这名字，任何初识她的人，大概一辈子也忘不了，但她的故事更感人。上台后，她以略带着阿美族腔调的国语，淳朴地娓娓述说。

她出生在东部，从未离开。心目中的台北，那时是全世界最遥远的地方，住着皮肤较白净、有钱的汉人。但许多长辈上台北谋生回来后，都不喜欢台北，宁可在家园蛰居。

家在遥远的大山末端，11元的蓝色普快车何时带我回去呢？

知本站

晚近，卡地布部落重新兴建了三大家族祖灵屋。

　　没想到，日后她竟考上北部的大学，被迫远离家乡，只身赴桃园。北上之后，迫于学费和生活费，她必须在这个繁华快速的工商社会，镇日打工、读书，忙碌得不知生活的意义为何。

　　有时夜深人静，她仰望都市的星空，却看不到天上的星子，只能喃喃念着祖母的山地数字歌，怀念童年的家园。这时 Seven 才发现自己很孤单，原来全世界最遥远的地方不是台北，反而是自己的老家知本。

　　Seven 说到这里，我突然想起，二十多年前，一回在东部登山的往事。下了山在玉里车站搭车回台北时，一起山行的布农族猎人，载着小女儿前来送行。临行前，我兴奋地高举她，喊道："叔叔带你回台北，当女儿好不好？"平时经常跟我讨糖吃的伊，突地用力摇头，哭着转身要爸爸抱，害我好生错愕。现在聆听 Seven 的心境，我仿佛明白了。

熬不过思乡之苦，有一天，Seven 特别抽空，回家探望父母。在家待了一整天，隔日又匆促北上。一大早，父母亲送她到知本车站。她走入月台，满脑子想的尽是北部成堆的工作。

当火车进站时，她听到广播声："九点四十五分往台北的火车，即将在第二月台发车了，要上车的旅客请尽速在第二月台上车。"

未几，广播再度传来闽南语版的发车讯息，接着是客语版。

等她忙着提行李上车，焦急的像是赶着打卡的上班族时，突然间，又听到了，一连串让她停下所有动作和心思的声音。Seven 是这样细腻形容的：

> 那是一段用阿美族语念出的发车讯息，播报的女声先以阿美族问候语作开场，再逐字地把国语的发车讯息翻译成山地话。那亲切温柔的语调，一字一句像在吟唱流传许久的古调，也像是阿嬷心情好时的喋喋叨絮。

达古范古范是卑南族的少年会所，过去男子十二岁起必须在此接受训练。

这时她有些失神地回头，蓦然发现，双亲还站在剪票口后方，正挥舞着手，一边以嘴示意，似乎在说再见。

那一瞬间，Seven 的泪水夺眶而出，仿佛又回到十八岁以前，那个以为台北是世界最遥远地方的女孩。

那一幕，也成了她生命中最眷恋的风景。那一幕……，Seven 说到这里时，很多同学的眼眶也都红了，我亦哽咽地，几乎无法接下去讲课。

没过几个月，我前往台东，经过知本村时，突然想起 Seven 的故事，特别要求友人，绕至知本车站。

前些年，这个车站因李泰安"搞轨案"[1] 而声名大噪，此时却寂寥如无人之驿。买了张月台票，走进第二月台，我不禁回顾着，Seven 曾

---

[1] 搞轨案：2006 年，李泰安伙同几个同伴，为诈领巨额保险金，以破坏铁轨的方式，制造其妻子死于车祸的假象，在当时引起了巨大的社会反响。

知本旧名卡地布，日治时卑南族被迫迁居于此。阿美族的 Seven 一家也在此落脚。

叙述的场景。

我想像着，她站在月台的位置，望向剪票口。像我这样，一个人，买了张月台票进去晃荡，徘徊许久，火车又未进站，站务员难免出来关切。

那种眼神，好像我也要搞轨似的。我只好走过去跟他聊天，这时才知，花东线的广播，除了国台客语之外，凡在原住民较多的地区，诸如花莲站、台东站、玉里站，以及知本站等地，火车进出时，都有加入阿美族语广播。

啊，我好想听听那广播！但火车迟迟未出现。抬头看班次表，最接近的 班，还要一个小时才会进站，看来是听不到了。

我有些失望，走到售票口，刻意再问站务员，你确定这儿有阿美族语广播吗？站务员点点头，但一脸困惑，似乎又有些不高兴，我为何质疑。

我也不好再追问什么，只能讪然离开。

天气太热，朋友懒得下车，始终待在车子里吹冷气，趁机打瞌睡。当他醒来，倒车离去时，我似乎听到，窗外传来广播声。

我急忙叫朋友停驶，摇下车窗。没错！车站正播放着阿美族语，我虽不懂，但猜想就是火车将进站或出发，旅客该如何之类的事吧。

我冲了出来，那广播好像又播了一回。果然如 Seven 所描述，那语调亲切温柔如吟唱古调。顿时，我好像仍在文艺营上课，继续着那天不能自已的激动。

等坐回车上，适才冷静。那时，我确定没有火车进站，但站务员为何广播，是向我这个多疑的旅人证明吗？还是他也好奇，这些话的意思，平时没仔细听，趁无人时播放看看？又或者，那是中午炎阳高照的热天，我被晒昏头了？

那天回家的路上，我不免思念 Seven，也怀念猎人的小女儿。不知她长大后，是否去过台北。(2008.9)

出了车站，别急着离开。何妨坐在木椅上，眺望知本群山，呼吸后山清新的空气。

知本站

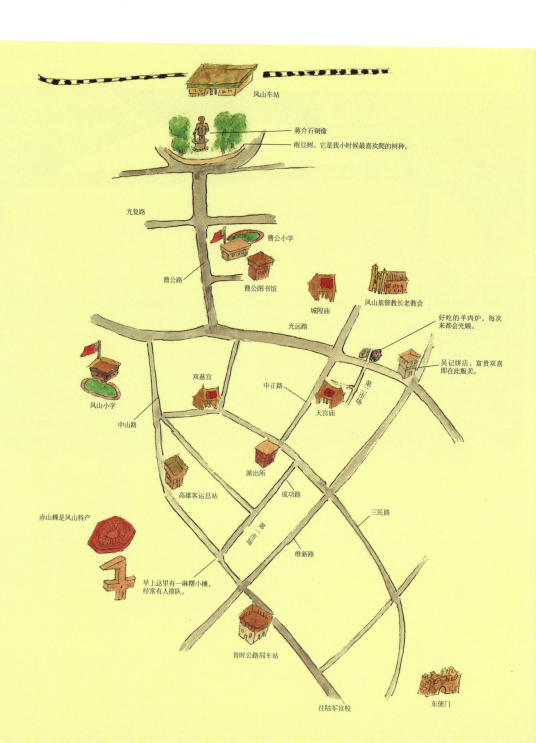

凤山车站

蒋介石铜像

雨豆树，它是我小时候最喜欢爬的树种。

光复路

曹公小学

曹公路

曹公图书馆

城隍庙

凤山基督教长老教会

光远路

好吃的羊肉炉，每次来都会光顾。

双慈宫

中正路

第二市场

凤山小学

天宫庙

吴记饼店，富贵双喜即在此贩卖。

中山路

派出所

高雄客运总站

成功路

三民路

赤山粿是凤山特产

第一市场

维新路

早上这里有一麻糬小摊，经常有人排队。

昔时公路局车站

往陆军官校

东便门

凤山站

吴记饼店已有七十多年历史，
离第二市场不远，
富贵双喜是它的招牌之一。

魅力无穷的兵仔市场

凡军队长年集聚或驻扎的都会乡镇，往往形成一个大市集。这种地方有一个奇特的名称，叫兵仔市场。

它和传统市场有何差异呢？这还得看位置。地点允当了，经常会撞击出意想不到的火花。若寻常了，就跟后者没两样。台湾便有好几个热闹的兵仔市场，诸如左营、永康等地。以陆军官校知名的凤山，更是全台最大的所在。

初次去凤山，我未带指南，不知此一兵仔市场的存在。反而是走出车站，胡乱闯逛时，不小心遭逢的。

沿着曹公路信步，满街萧索，十来分钟的荒凉后，到了光远路，才觉得接近这个城市的心脏，整个空间和氛围都加速了蹦跳。光远路、维新路和中山路在这里，奇妙地构成一个三角形地带，成为凤山最繁华热闹的区域，南边一角即兵仔市场。

一个新都会多半以方正的棋盘街道出现，绝不会擘划成三角形空间，造成交通壅塞的纷乱动线。何以本地竟如此状态？

公交车时刻表不在公车站，而是出现在曹公路一家怀旧餐馆的壁面。

　　原来，这儿是老旧的城区，一个清朝末年遗留下来的古城格局。街衢随河道呈现不规则的形状，后来演变成今日的尴尬。古迹建筑、传统市集和商家百货都在此集聚，所有的新路到了此，好像迷失方向般，变得歪七扭八。

　　兵仔市场跟一般菜市场最根本的差异，在于军人充斥。往昔，这儿一大早便看到，部队来的采买者，大批发似的进货。除了蔬果，还兼及军需品的各种补给。

　　这样庞大的购物量，常刺激周遭，带动人潮，形成丰富而物美价廉的生活圈。无怪乎，每到选举，此地就成为兵家必争之地。菜市场里的

凤山第二市场较为安静整洁，跟第一市场仅隔一街。

人，便这么自豪地说："至少来一下，没来，一点机会都没有。"

　　它到底是何来历，如何形成的呢？这个三角地带，大致是由四个阶段慢慢演化而成的。清末时，市集属于流动摊贩形式，日出而集，日入而息。当时有菜市、鱼市、鸭市、柴市、米市各据一方，传统市场的雏形已然具备。

　　到了日治时期，交通和环境卫生整顿后，出现了公有市场的形态。国民党来台后，附近设置许多军事基地。营区官兵就近，以此为采买地点。此地货色齐全，价格便宜，愈来愈吸引消费人口，商家也络绎不绝，连马路两旁都被占用，终而形成全台闻名的兵仔市场。

　　十几年前，这处以军人为主顾的兵仔市场，风光一阵后，随着市容整顿有了些微的改变。军需品和摊贩减少了，但传统已经形成，人潮还

雨豆树和罕见的蒋公铜像，算不算特殊风景？

是不减。蔬果供应继续在热闹的中山路、成功路上，维持着过去的繁华，最后连接到第二市场。

很少城市的市场可以如此蔓延出来，跟另一个市场融合一起。最后，整个三角区域都是市场的身影。两个市场如果实的两瓣种籽黏结一块，分不清你我。

三角形地带也像一个果实的核心。更奇的是，很少一个旧城包裹得如此完整。从城市外头看，旅人难以察觉，一如我的到来。但苛刻地说，尽管外表密覆着完好的果肉，里面却是溃烂的。只是这溃烂充满生机，好像也惟有如此败坏，才能发芽。

这也是凤山市最迷人的地方。那外冷内热，若不走进去，根本难以感受，也嗅不到真正的南方气息。我从中间的三民路切入，便是一路兴

第一市场庸俗杂乱，但旺盛的活力很吸引我。

奋。只见到处脏乱而忙碌，洋溢着强劲的粗犷活力。

眼前仿佛是一锅热腾腾的浓汤，不停地滚沸着。那人潮的惊人热络，犹如每天都在庙会节庆。尤其是早上九点前，当市公所的人还没来吹笛赶摊时，各地涌来的果农菜贩集聚在此。他们不断地出入，运补货品。还有小吃摊沿着巷弄比邻而立。每天都让这里热闹非凡，形成一团失序的嘈杂。

这是浊水溪以南最大的一座。南台湾的热情全数拢集而出。嘶喊打杀的拍卖叫声，俗而有劲。中下阶层顽强的生命力量，杂乱而剧烈地交会。仿佛有好几个旋涡，各自打转，又相互交缠，最后形成一个大圈，洪流般地搅拌着。人从每一个方向来，情不自禁地被卷入，不断地打转。

严格说来，我并未在此发现哪些兴味的特色，数量丰腴的蔬果亦无让人期待之处。小吃美食之类，除了羊肉店、赤山粿、吴记饼店，着实罗列不出一堆教人非来不可的精彩名单。反而是一些环境卫生问题堪虞，不断地撞击着我。

但它就是大剌剌地，把一种质朴，明白而爽快地展现。什么都直来直往，少有中北部人那种精敏和世俗。那种畅快，总是做完买卖明天再来，一切都活在当下。

现今的三角地带是一个兵仔市场的升级版。充满旺盛的乡野力量，每个人的嗓门都在比大，每个人都使劲地释放自己。每天也总是兵荒马乱，传统与现代在此错乱地交集，冲撞出混沌的美学。

我享受着这款南台湾奔放的魅力，只字片语难以形容，只能用眼睛观望、耳朵聆听，以及呼吸着这样的热情，尽量地把感官放大、放松、放任。最后，不知不觉卷入这巨大的旋涡以致淹没，难以脱逃。

你若想离开，整个人好像得奋力泅泳，才能爬上彼岸。只是，心智和体力都虚脱了。但，虚脱得爽快。(2007.12)

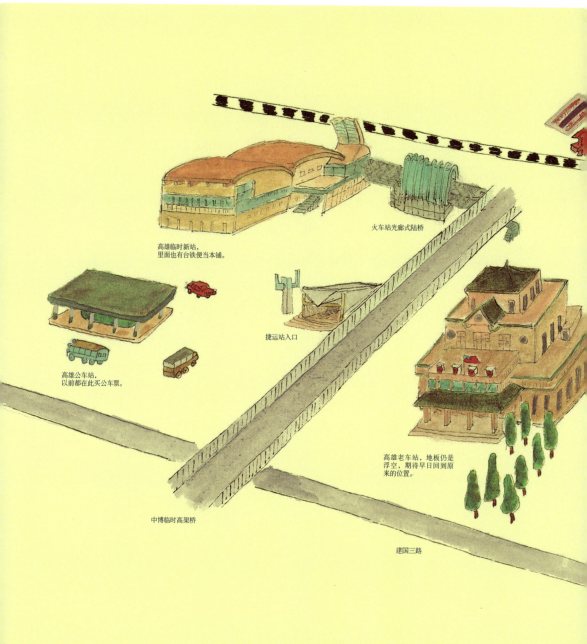

火车站光廊式陆桥

高雄临时新站,
里面也有台铁便当本铺。

捷运站入口

高雄公车站,
以前都在此买公车票。

高雄老车站,地板仍是
浮空,期待早日回到原
来的位置。

中博临时高架桥

建国三路

高雄站

这是比我买到的
公车纸票更早的
卡式普通车票。

老车站前的公共汽车站

　　早晨搭飞机抵小港机场后，通知下午要开会的单位，不必来接送了。我自行搭乘公车，先去了火车站。

　　高铁动工后，火车站像一处大炼钢厂，镇日轰隆不息。从那时起，就不曾从火车站进出南台湾第一大城。但那儿离开会的地点犹若参商之遥，为何突然动念走访呢？

　　旁人或会猜测，莫非是想要观看旧火车站恢弘、典雅的样貌，或是欣赏充满后现代色彩的临时车站，闪烁着迷离的霓虹光影和线条，解构高雄车站大兴土木所带来的嘈杂和混乱？

　　假若是一年前，也许吧！但我现在前往那儿，别人可能很难相信，竟只是为了走访火车站前的公共汽车站。这座老旧的公车站外表特别吗？其实，既寻常又普通。说穿了，只是座比一般候车室高耸、坚固的大水泥凉亭。

　　不过，妙处在于，此一老车站中间有一座售票亭，很像台中的公共汽车站内容，依服务功能，典雅地以椭圆形兴建而成。早先它可能是洗

过去到高雄，我总是很享受从售票口获得公车纸票的乐趣。

磨石子的外貌，现在为了呈现崭新的气息，涂上了丧尽美学品味的青绿色。无论如何，能够继续存在，总是教人欣慰的。

当代的旅人有一缸子，总爱怀念旧建筑的火车站，却很少人提及老式的公共汽车站。毕竟，公共汽车站的外貌，多半不若火车站的出色。再者，铁道历史悠久，铁道建筑文化更非公共汽车所能比拟。但可别忘了，许多火车站正对面，往往就有一座小小的公共汽车站，或者一处公共汽车候车亭，提供人们继续往更偏远地方旅行的机会。

质言之，许多公共汽车会载着旅人，抵达一些火车难以抵达的乡

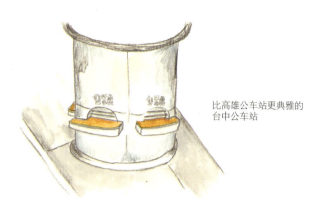

比高雄公车站更典雅的
台中公车站

镇，那儿也有不少老旧公共汽车站矗立着。它们虽非古迹，却同样带来分离聚合的哀乐，和我们的生命旅程紧紧相扣。当一处城市改变地貌，惟一还存在，却往往不被众人重视的地方，很可能就是这个角落。

我是如此怀念着天祥车站、六龟车站之类，不胜枚举的小镇车站，因而对这个角落更加拥有执著的情感。高雄的公共汽车站，更是集这种被漠视之大成，醒目地存在着。在高雄旅行，若是忽略这里，何谓在地的高雄，恐怕难以拿捏得准。

职是之故，我更怀念，二十多年前当兵时，在这里弯腰低头，从老鼠洞般的售票口，买到一张纸车票的滋味。过去，公共汽车服务网发达时，售票口的服务不止一个小洞。现在退化到一处，雇了个中年妇人，

为了三铁共构，高雄老车站搬了八十多公尺，离家六年多了。

坐在低矮票口之后的木椅上，兼作老人票卡和学生月票卡的更替服务。那最后的洞口对我，却是通往高雄的窗口。

我掏出铜板，继续着半甲子前的买票姿势，洞里的售票妇人收到钱后，一如我的期待，从一叠厚厚的车票上，撕下了小小一枚，薄薄的，跟硬纸票差不多大小的公车票。

我很感动，这儿继续在卖纸票。全台惟一还在卖公车票的大都会。我也很喜欢，一个城市最早的接触，是透过手工车票的递送。

再仔细瞧，售票妇人递给我的，可是六元的普通车票，印制单位：高雄公共车船管理处。每张车票上，都盖了一个蓝色章，模糊的字迹写着，"改作冷气车十二元"。

那是什么意思呢？初次购买，我就有一个不祥的预感。或许这一批售完，就不再有纸车票了。一如其他乡镇，为了方便，都改用计算机操作，有人购买时才打印出车票。也许，下一次来，就消失了。

高雄能否保留公车纸票的文化，成为旅游的特色，鼓励大家多坐公车呢？我低下头，继续买了第二张，作为打狗[1]旅次的重要纪念。

至于，要从这儿再搭往哪里？我抬头，凝视着票口上繁复的公车路线图，竟觉得已经抵达终点，干脆悠闲地坐在候车椅上，暂时哪里都不去了。(2004.3)

补记：二〇〇五年十一月，我去购买公车纸票时，已经不再贩卖。里面的售票妇人，请我自备零钱，直接上公交车投币。

---

[1] 打狗：高雄最早的名称。

高雄公车站，外貌实在无可取，但我人生中的一些流浪，自这里启程。

高雄站

清水

大樟树

初中桥

据说臭豆腐比阿嬷的好

广兴宫

集集老街

豆花店

卫生所

7-11

镇公所

制樟所

阿嬷臭豆腐

集中路

这里有发号码牌
的炸香蕉小摊

这间莱尔富有卖café

民生路

集集小学

集民街

车站仓库艺品中心

9·21地震时，集集车站垮了。重建后，
仍维持旧时的模样，只可惜周遭都改变了。

集集线

糖厂

台湾啤酒厂

民权路

山蕉味道香Q,
不同于俗称香蕉的田蕉,
多半盛产于中部山区。

高中女生的旅行

一座迷人的大城市，往往有一条适合流浪的铁道，让城里的人获得解脱。以前的淡水线铁道，相对于台北便是。台北的学生，以及上班族，抽得空闲便跑往那儿望海，暂时摆脱生活的压力。

前些时假日，利用高铁的便捷，尝试着集集线一日游。从台北南下，在新乌日站，转乘台中直达集集的柴油车。没想到这趟旅行，我和内人也遇见了类似的情境。

柴油车在彰化站停靠时，上来了七位女生。她们出现后，整个车厢顿时吱喳不停，一如鸟店的热闹。我们坐在另一角，尽管忙着拍录窗外的风景，仍不免被她们的快乐所感染。

她们上车后，开始玩一种拍手游戏，输了的人必须公然表演夸张的动作，比如在车厢里模仿动作剧烈的摇滚歌手。她们玩得乐不可支，平常难以出现的笑声，都吼叫了出来。

我好奇地过去搭讪，赫然发现都是高一女生，就读于台中一所私立的明星学校。

水里车站不若集集热闹，但我更喜欢它清旷的气息。

"你们的父母亲都同意你们出来吗？"我好奇问道。

"我们刚考完试了。"其中两人异口同声，还补充道，"高二以后就不行了。"

"请问你们初中时读过一篇文章《大树之歌》吗？"这篇文章是我写的，被搜罗在某一版本的中学国语课本里，我因而好奇地探问，也兴奋地等待着，被她们认出我是一位作家。

她们摇摇头。

我有些失望地再问道："有无读过《枯木是大饭店》？"这篇散文刊在小学高年级的课本里。

但她们继续摇头。

我心里嘀咕着："奇怪，你们是地球人吗？"

有一位很机灵，反问我："请问你是做什么的？"

我急忙回答："自己是做旅游报道的，想要了解集集线。"

又一位女生抢答道："我们也要去集集线！"

"去哪一站？"

"集集。"

好像大部分的人都是去集集，或者是最后一站的车埕。我继续猜测：“骑脚踏车，到绿色隧道吗？”

她们点点头，但面面相觑，好像不一定非去那儿不可。其中一位再度活泼地反问：“你呢？”

“我和太太打算去水里。”

“水里有什么好玩的？”那种单纯和好奇，好像我若讲得出更棒的点子，她们七个人也是可以跟随的。

除了蛇窑、肉圆、枝仔冰，水里还有什么呢？我想了想，决定诚实以对：“我们要去逛菜市场。”我和内人都以为水里是山城，菜市场理应有很多不同于其他乡镇的特色。

“天啊！菜市场。”她们再度面面相觑，仿佛我才是外星人。

我赶紧转移话题：“你们常到集集线吗？”结果都是第一次。

柴油车陆续靠泊田中和二水时，又有一些学生上来。我再探询这些年轻人，分别为明道大学和云林正心高中的学生。看来假日的集集线，早成为中部学生们郊游旅行的重要路线。

七〇年代初，我就读台中一中，假日也到处玩，却不曾将此视为重要的景点。那时并没有直达车，都得在二水站转乘集集线，特别辛苦。它不像淡水线，早在百年前就是一条观光铁道。

在集集街上，随处可见山蕉的身影。蒂柄短，外皮棱线分明。

　　作家朱天心在《击壤歌》里，把淡水铁道当成北一女逃课的路线，搭车到淡水去看海时，同样的年纪，我们搭乘集集线，好像是去找一位同学。只知道有一个遥远的山城叫水里，街道很窄很小很旧，紧紧靠着火车站。集集也有一个老旧的木造车站，但很少人下车。

　　集集线的旅游化，历史甚短，不过十来年，而且是偶然的意外。话说五〇年代末，台一六号省道通车。公路局班车自台中通往名间、集集、水里，再抵达日月潭。集集线的运输功能便逐渐被剥夺，旅客载运量逐年递减。八〇年代中，铁路局考虑经营成本，动念拆除。结果，地方人士反弹。未料此事件，竟让集集线热门起来，假日常涌现满载的旅客。

节假日时，要拍摄集集车站，得耐心避开人潮。

那些女生继续在车厢玩扑克牌，兴奋得忘了周遭有何风景。对她们而言，这种同侪的集聚比什么都快乐，集集线有什么并不在乎，只要有更长的时间在一起就好了。她们跟多数人一样，在热闹的集集站下车。我帮她们拍照后，匆匆道别，一时忘了留下联络的信箱。

那对正心高中的情侣跟我们在水里下车，一个安静的车站。他们站在铁道旁边一排美丽的榄仁树前，拜托我拍照。表演了许多亲昵的动作，好像快要结婚似的。

这对小情侣要去蛇窑，我和内人如愿走访了菜市场。最后一站车埕，目前以酒庄、木器 DIY 和几家甘仔店受到瞩目。但那是个封闭的小山谷，学生们可能较偏爱开阔的环境。集集四通八达，周遭景观多

榄仁树伴着无尽延伸的铁道，拍照的恋人啊，
好希望情路长长久久。

样，我若是她们也会在那儿下车。

集集线班次很少，我们和内人在车埕逛累了，坐在车站的木椅上打盹。下午时，再搭车到集集走逛。这儿人山人海，我猜想那群少女仍在骑脚踏车，待会儿应该会搭同一班车吧？

果然，当我们站在拥挤的月台，准备搭火车离去时，又遇见了这群女生。她们兴奋地过来打招呼。一位还调皮地讥讽我："叔叔一定偷偷地跟踪我们？"我尴尬地苦笑着，还好内人就在旁边。

她们要求我继续帮忙拍照，用她们的傻瓜数码，还有我的单眼相机[1]。她们表演了很多手势和动作。我再探问，在集集做了什么，结果她们大半天都在骑脚踏车，好像这样就很开心了。什么阿嬷臭豆腐、炸香蕉酥之类美食，都没兴趣。

[1] 单眼相机：即单反相机。

这群高中女生一路自 high，返家后浏览我的部落格，才知道我是谁。

　　不过，她们在车站旁边的纪念品屋挑了一些火车明信片，还买了好几盒饼干。上了车，随即把所有礼盒都拆开，七个人忙碌地交换，什么火车饼、香蕉饼、梅香饼，似乎讨论着如何分成七等份。

　　我们在旁边看得直想笑，果然是小女生，连饼干都能认真地处理近半个小时。但未料到，火车即将抵达彰化时，一名小女生走过来，把一盒完整未拆封的饼干送给我们。

　　我急忙婉拒，但她们很坚持。我很不好意思，一路上始终觉得她们孩子气，没想到竟这么贴心、多礼，让我们的旅行不仅充满年轻人的朝气，还多了一些温暖。

　　突然间，又想起，自己同样读高一的孩子，现在才从补习班下课。或许，他也该邀约同学，走一趟淡水线了。(2008.4)

建筑造型怪异的大甲站

中山路

公车总站

全家便利商店

甘仔店老建筑,过去有卖大甲至丰原的公车票。

残留的巴洛克式建筑,英文的席帽商号在此。

第二市场

镇政路

一家卖草席、帽子的百货商行

城隍庙

建德牙医诊所,从这儿到镇澜宫,节假日时小摊贩集聚最多。

蒋公路

"铁砧养芋"餐厅,网络上知名度颇高。

镇澜街

第一市场

镇澜宫

顺天路

大甲站

大甲的槟榔心芋，
多呈红锤形。
据说这是水田栽种的结果。

没有镇澜宫的大甲

从竹南到彰化间的海线，车站附属的城镇大多荒芜、寂寥，大甲是较热闹的一座。

它的热闹不一定要在节庆和节假日时，才观测得清楚。也不一定非得站在镇澜宫前，才有具体感觉。那是一下火车站，就会萌生的情绪，尤其是在旅行了近邻几座冷清的车站后，这种热闹愈加有种温煦。

那不只是气氛而已，而是仿佛又看到了一个纵贯线的大站。站前广场出现一座制式的小圆环，展开了扇状的街衢，以及繁忙的交通景象。

你更会不自觉地，被中间的蒋公路吸引而去。那路不宽，也不是被那充满旧时威权意识的名字震慑，而是相对于横向街道的清静，只有这条街，流露出商家云集的缤纷气息。

朝那儿信行，一些乡镇常见的普罗商家，纷纷在老旧建筑的基础上，重新装饰，亮丽地在此营业着。我们何妨玩味地，从这些辉煌的门面，捕捉残留的旧物遗迹，猜测它们存在的意涵。我印象最为深刻的一间，二层楼，洗磨石子的墙面，日治时期巴洛克式的建筑外貌，雕饰着

九月以后，大甲街上，饱满的大甲芋和小个头的山芋一块亮相。

英文的商号，上面写着："SAM—HO HAT & MAT STORE"。

　　不用其他文献说明，这家老店的店面就已经充分地告知了，这是一家大甲著名的席帽商行，在日治时期就对外紧密发展，跟国际接轨了。如今它改头换面，一家现代牙医诊所取而代之。不远处，街角又有一家规模不小的席帽百货，从外头格局一瞧，明显地，只是对内销售的商铺而已。无庸说，席帽外销的时代已然过去了。

　　海线不如山线人口稠密，像大甲这样稍具一些规模的城镇，往往成为众小贩摆摊的地点。蒋公路更是主要的热闹位置。接近镇澜宫的街道上，就有那么好几个小摊贩，初访时，合该也有值得探逛之处。

　　譬如，卖麻糬的老翁，推着老式的麻糬小车。卖杏仁茶的欧巴桑，继续使用停产的古旧瓷碗。卖鸟仔梨糖的汉子，谈起有机水果亦朗朗上口。对街还有刮痧挽面的阿嬷，当街以高超的手艺为妇人保养。

　　因为这些小事小物，以一个游客的身份参与，你会悄然地爱上这里，不一定非得目睹到大甲妈[1]，或者特别在节庆时日，参与众人簇拥的疯狂祭典，才能感受大甲镇的生命力。

　　到了大甲，我对芋头的好奇或可能更胜妈祖。台湾芋头著名的两大产地，一为甲仙，此地则紧追在后。九份芋圆的食材，宣称来自甲仙

---

[1] 大甲妈：即大甲妈祖。大甲镇澜宫是台湾妈祖信仰最重的庙宇之一，当地人尊称妈祖为"大甲妈"。

看不清楚牙医诊所顶端的英文商号? 就是想请你动身走访一趟!

在月台候车时邂逅了难得一见的复兴号，淡蓝色车身现在也不多见了。

据说镇澜宫旁的阿嬷，挽面技术特别出众。

麻糬小摊居然摆着捶打糯米的机器。

车站前的甘仔店还维持着旧时风景，但蒋公路已经改变甚多了。

芋；平溪芋圆晚近扬名，却以大甲芋为尊。台湾北部两处旅游名胜，各拥山头。但说白了，两种芋头差别不大，品种都是槟榔心芋，只是栽种方式不同。

九月起是大甲芋的盛产期。年底了，已近末期，庙旁的小摊贩仍摆着纺锤型，饱满的槟榔心芋。这是大甲芋最典型的外貌，栽种于水田环境。甲仙则多旱芋，据说旱地栽种出来的形状趋于圆形，似乎更绵实好吃。

此外，旱田栽种的山芋亦不少摊。到底是大甲以芋头出名，因而也吸引了山芋自远方到来呢，还是周遭亦有山芋精心栽培，就有待追踪了。

镇澜宫前有现做的状元糕。

芋头并非什么山珍海味，但坐火车时，亲眼看到大甲被一畦畦芋田环绕，街上又是一颗颗肥硕的槟榔心芋，堆出如小丘的美丽形容，再想到其绵密而香气四溢的内涵，不免期望一尝最原始蒸煮的乐趣，而非只是购买芋头酥了。

我还想提醒旅人，从车站到镇澜宫，短短不到三百公尺，蒋公路左右即高密度地呈现三四个市场，此一现象可鉴知，此地乃集海线精华蔬果货物之大镇。

一个小镇竟有这么好几处菜市场，仿佛诸多地方生活博物馆，坐落在小城。照常理，这是一个生活幸福的指标。但前几年，针对这些传统市场的漫患和扩散，地方父母官担心影响市容观瞻，曾进行疏导整治。

大抵要统一管理，变得清洁有序。

这个理念或许是对的，但若不了解历史内涵和生活习性，只会导致民怨更深，徒具形式。果然，花了大笔整治经费，却未见任何成效，这些菜市场继续维持过去的纷乱。

作为一名旅游者，我反而暗自高兴，它仍保持过去的样式存在。或许这就是大甲菜市场的特色，一个海线的生活美学。未来一段时日，我笃信还有机会，从中发现兴味的风物。而从菜市场延伸出去，各自喧哗，大甲的繁荣更加绵密地环绕，大不同于其他海线车站的单调，这样的乡镇发展亦值得细细把玩。

大甲市场的分布状态，常让我联想起花莲的三四处菜市场，我把那儿当做东部的观光胜地。信步在阿美族和撒奇莱亚族的野菜摊间，常有邂逅特殊物种的惊奇。

大甲的菜市场会呈现什么样的内涵？我怀着同样的兴奋和好奇，展开在海线最大的探索乐趣。期待着，在镇澜宫之外的世界，发现另一个大甲，过去不曾注意的大甲。(2008.12)

寂寞小站

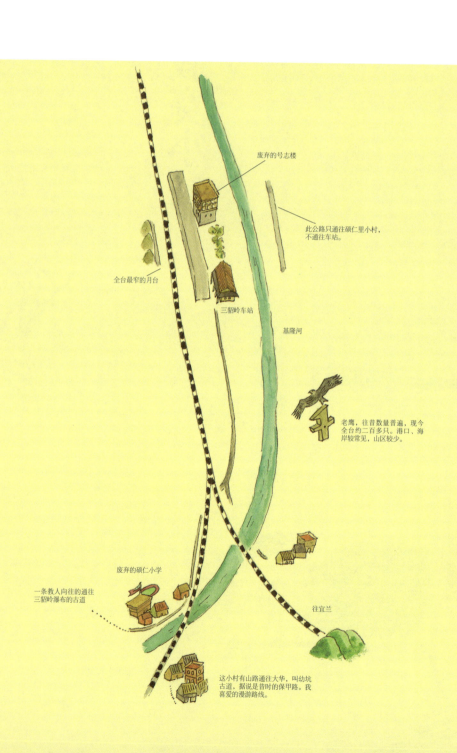

废弃的号志楼

此公路只通往硕仁里小村，
不通往车站。

全台最窄的月台

三貂岭车站

基隆河

老鹰，往昔数量普遍，现今
全台约二百多只。港口、海
岸较常见，山区较少。

废弃的硕仁小学

一条教人向往的通往
三貂岭瀑布的古道

往宜兰

这小村有山路通往大华，叫幼坑
古道，据说是昔时的保甲路。我
喜爱的漫游路线。

三貂岭站

三貂岭的站务员说，
黄昏和早上时，
都有一只老鹰（黑鸢）
在基隆河上空飞行。

全世界最贵重的孤独

千禧年元月一日那天，你还记得自己在哪里吗？

早在那天到来之前，我就做了打算。计划搭乘火车，抵达三貂岭车站，买一张平溪线的硬纸车票。

以前在此一山区漫游时，我就常以此座偏远的小站作为登山的入口。这是一个汽车到不了的地方，除了车站，别无商家。

那天清早抵达，一如往常，火车停靠后，只有我下车。

小小的车站，两座月台，都是岸式的。其中一座，紧紧靠着山壁，有些路段狭窄到仅容一人站立。放诸全世界，恐怕都是难得的奇景。

车站这边则接近基隆河，空间亦不多，只勉强有一屋子伫立的宽度。初抵达的人难免不解，铁路局为什么如此荒唐，竟然选择这样局促的位置，硬是挣出一个车站。

原来，事有蹊跷。车站再往前，半公里之远，昔时有一座矿场，吸引人潮集聚，形成繁荣的村落，还设有小学。如今矿场关闭，小学废弃，余下十几户老人落脚的暗灰住宅，被浓郁的山峦压得低矮。车站旁

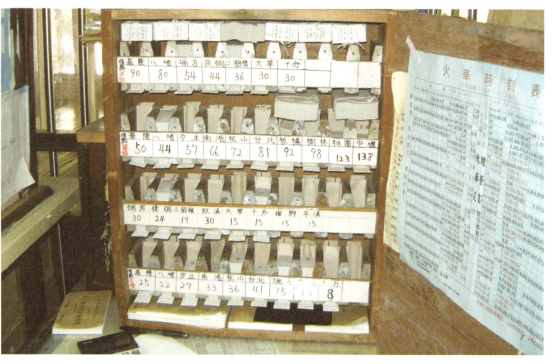

收纳硬纸票的木制售票柜，这是菁桐站的。三貂岭站的在一回台风时，遭大水淹没，此后便不再贩卖硬纸票了。

车站对面的岸式月台，窄仄而紧靠山壁。我常蹲坐那
儿的小矮墙，等候火车北返。

边这头，也有一排类似的二三空屋，想必都是随着村子的消隐，日渐成
了废墟。

　　当年会兴建三貂岭车站，当然不止此一开矿的因由。平溪线和宜兰
线在此分道，恐怕也是重要因素。从车站往村子半途，只见两条铁道线
错开。右边的平溪线，蜿蜒入村，没入长长的山洞，直通菁桐。左边的
宜兰线，同样跨过基隆河，穿过更长的三貂岭隧道，通往宜兰。

　　宜兰线还有一遗址，就在隧道旁边。它封闭的洞口上方有日治时代
的石碑题字"至诚动天地"，不禁教人遥想早年打通隧道的艰困。还有
更早时，汉人移民翻越三貂岭，迁移到兰阳平原的辛苦。本地汉人提

到，当时移民在此翻越三貂岭时，曾流行一句生动的闽南俗谚："若过三貂岭，毋通想母子。"可见此地山势之险绝。

站在月台，左右望去，只见群峰高耸，层层相迭。初来者，甫一下车，见到四周荒凉，山势又如此峻峭，多少都会惶恐不安。一些文献指称，三貂岭乃当年淡兰古道必经之地。实则不然，古道在北边的侯硐车站附近就翻越山岭了，这儿只有火车过山洞的景观。

每回来此，都会拜访车站旁边的号志楼，一个铁道发展的历史废墟。这个二层楼的塔台，曾经指挥着南来北往的火车，循着基隆河岸来去。那是电讯系统尚未发达时，火车在此交会的指挥所。如今功成身退，留下几个空荡的窗口，继续独向着铁道。

等候下一班车时，我也常逛进站务室，观看站务员工作，或者浏览四周的环境。我另一个偏爱滞留的理由，即因它是个闲站，往往一个小时，才可能有火车泊靠。

那天，为了一张硬纸车票，抵达后，我即带有这种可以滞留一阵，无聊晃荡的快乐。

后来，就走进站内买硬纸车票了。小小的车站内，只有一名年轻的旅客站在售票口前。他背着一个登山背包，胸前还挂着相机。站务员在里面忙着从木制的售票柜取出硬纸票，不断轧上日期，还和他细数。我一看即知，又是一个铁道迷，正在搜集车票。

站务员似乎忙好一阵了，好不容易捧出一堆。年轻人包裹后，放入背包中。等他离去，换我买票时，站务员不好意思地说："对不起，让你久等了。"

我微笑回答："还好啦，麻烦一张三貂岭到菁桐的车票。我要硬纸的。"

想到千禧年时，能够买这么一张起站到讫站的车票，完成这趟旅行，而且保留下纸票，这天必是一生里值得回忆的日子。

哪想到，站务员再次尴尬地跟我道歉："对不起，从这里到菁桐的硬纸票都卖完了。"

"怎么会呢？"我有点吃惊，现在才早上呀。

"刚刚那个日本人，把这一站到菁桐的，都买走了。"站务员双手一摊，问我要不要其他种车票。

我摇头，耸耸肩，有些落寞地走了出去。看到那位年轻人，正站在月台上等车。好奇地走过去，用中文开口："可否卖我一张，三貂岭到菁桐的车票？"

他有些困惑地看我，表情似乎相当为难。

我再以英文探问："你刚刚为什么买那么多车票？"

他打量着我的背包装扮，小心地用生硬的英文回答，"今天是二〇〇〇年第一天，我想在地球上，找到一个有意思的地方，所以来到这里。"

难道他知道号志楼、矿场废墟，或者是为平溪线而来？我故意装成不解，好奇地继续追问："这里有什么好来的？"

"有啊，这里有卖火车的硬纸车票。"

"一路上好几个车站都有卖啊！"我真的困惑了，而且，还是想伺机向他要一张。

"不，不一样。"他摇头道，"其他地方没有这么好的名字，三貂岭！"

三貂岭站

平溪线火车进站时，站务员得和驾驶员交换路牌。

　　别开玩笑了，我随即回想，一路上几个车站的名字，侯硐、大华、望脚、十分、平溪，除了两个字，还不至于不好吧？

　　我再问道："为什么你买的都是三貂岭到菁桐，不是其他地区？"

　　他得意地窃笑起来，紧接着，陶醉地喃念着："三貂岭菁桐！三貂岭菁桐！"停顿些许，再跟我说，"难道你不觉得，这五个汉字连起来很舒服吗？"

　　"舒服？"我困惑地望着他。

　　"对，这几个字放在一块，充满漂泊的舒服。一种异国旅行的风味。你想想看，千禧年第一天，在地球上一个偏远、陌生的小站滞留。我好享受这种情境。"

火车还未抵达，我继续困惑地提问："你为什么不到丝路^[1]？敦煌、玉门关、乌鲁木齐……，这些地方更遥远、荒凉啊！"

他听完随即摇头："不，不，你太不了解了。坐飞机到那儿太远太贵，我付不起，但从东京来回台湾不到六七百块美金，就是另一个国度。"

我点点头，接受他的另类观点。原来，异域旅行情境虽美，还是有不同价钱、不同等级的浪漫。这位年轻人看来很实际的。

"你知道吗？省下日本到丝路的机票钱，我就可以买下这里全部的硬纸车票了。你看一张才十五块。"他得意地秀给我看，"我连半票都买了。"

连十元的半票都不放过，我不禁苦笑。

"这五个字连接在一起，就是疏离和苍茫，就是孤独和流浪。"他继续陶醉地说着。

我心里想着，这五个字哪有这些意象？日本人未免对汉字太有想像力。三貂岭，反而让我联想到广告上出现的一种酒，三得利。我看八成跟此有关。

---

[1] 丝路：即丝绸之路。

他可未注意我的脸色，依旧满足地说着："一张敦煌到乌鲁木齐的票，很贵的。这里却只要十五元，还有十元的。老天啊，这世界还有哪里，拥有这么巨大又便宜的荒凉和孤独！"

我开始羡慕地望着他。

"啊，我今天是最幸福的人了。"他又喊道。

我再探问："但你为什么要买这么多？"

"我可以送给朋友啊。到台北，我就要寄出一些，朋友收到一定会很感动的，而且日后都会记得我。在千禧年第一天，在地球上一个偏远的角落，我和他分享了一个流浪的情境。这样贵重的礼物，再多钱都要不到的。"

好酷的想法！我被他说得频频点头，惟脑筋还浑噩未清时，火车隆隆而至。我还来不及道别，他跳上列车，离开了。留下我，茫然地，继续和号志楼伫立着，继续和全世界最便宜，不，或许是最贵重的荒凉和孤独，继续闲荡着。(2000.5)

三貂岭废弃的号志楼，二层楼高，窗口空荡荡。十年前，我还写过一首诗怀念它呢！

三貂岭站

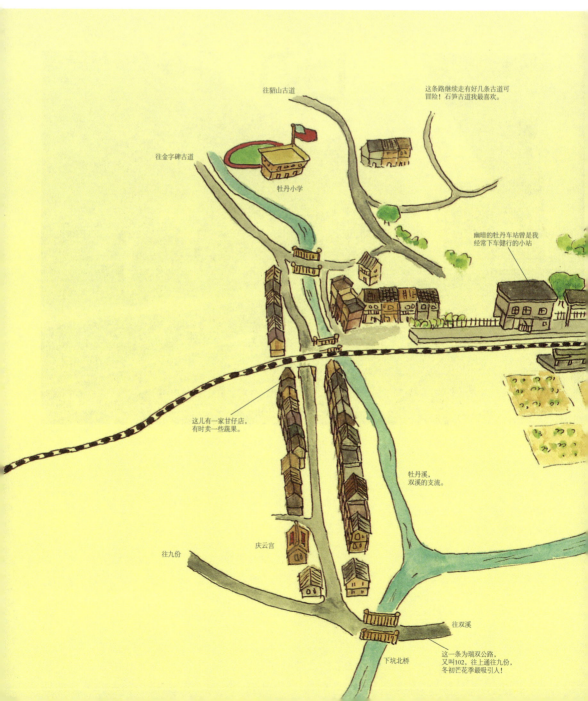

往貂山古道

这条路继续走有好几条古道可
冒险！石笋古道我最喜欢。

往金字碑古道

牡丹小学

幽暗的牡丹车站曾是我
经常下车健行的小站

这儿有一家甘仔店，
有时卖一些蔬果。

牡丹溪，
双溪的支流。

往九份

庆云宫

往双溪

下坑北桥

这一条为瑞双公路，
又叫102，往上通往往九份，
冬初芒花季最吸引人！

牡丹站

牡丹溪有很多日本绒毛蟹。
它们在河口的半淡咸水出生，
历经一段浮游时光，
再溯河而上。

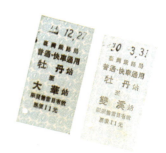

最后的硬纸票

四十岁来时，最常孤伶伶去的车站，叫牡丹。

那时才失婚，牡丹附近有广大的荒凉山区，适合漫游。只是最后一次去那儿，却是吆喝了一伙人。也不是搭火车，反而是走路抵达的。

那天是二〇〇二年年底，寒流来袭。一大早霪雨霏霏，未曾间歇。我带领一支登山队伍，倍极艰辛地翻过三貂岭大仑的鞍部，正准备循金字碑古道东段，下抵牡丹。无奈乎，山顶雨势愈加滂沱。众人全身湿透，体力亦透支。顾及安全，不得不放弃下切古道，改择平坦的县道一〇二，迂回绕抵。

这车站灰暗暗的，充满晦气，斑渍杂陈的立面，更突显被冷落的处境。若要票选台湾最丑的小站，它合该名列前茅。早年此地挖煤，车站里还有二三人上班。上个世纪末，就成一个人的简易站了。

旁边的小村也跟它少有交集。一般出了车站，前方就是街衢。此地小村却沿牡丹溪兴建，两排低矮房舍对峙，形成长街长巷，孤绝而去，仿佛跟车站脱节。煤矿荒废后，一些老妪老汉零星居住里头，偶闻小孩

弯月形的月台和轨道，给呆板晦气的牡丹车站加了点分数。

牡丹站

牡丹多阴雨，当地乘客都懂得，在第二月台地下道出入口躲避风雨。

嘻笑声。旁边之小学，人数不及半百。美其名为森林小学，实则接近废校边缘。

　　四面环山下，村子和车站各自形成不同的荒凉。村子是孤独的，车站是空荡的。

　　车站周遭的空旷最教人唏嘘。早年这儿是折返式车站，一些北上时爬不动的列车，会先停靠此休息，加挂车头后，再继续往前。如今火车马力大增，先前许多铁道设施都拆除了，改为当地居民的活动空间。

　　以前来此，我有一独门路线。从台北出发时，先搭对号快车，泊靠双溪后，再转乘北上的普快车，折回牡丹。

　　一来牡丹是小站，对号快车不停靠。为了早点抵达，我只好先借助

车站前，一名老人在家门口清洗牛筋草。

　　它们的速度。其次，二站之间绵延着山光水色，那是一路难以从快速掠过的车窗惬意观赏的。从双溪倒退回去，我才有再搭乘一次慢车的机会，同时尽兴地欣赏旖旎的乡野。

　　还记得第一次下车，因为好奇牡丹弯月形的月台，下车后，徘徊甚久。结果，穿着冬季制服的站务员，在对面向我招手，示意赶快出站。原来，他验过票后，还要两个小时才有电联车，他可以在办公室好好休息了。

　　那天却不然，我们狼狈不堪地抵达，进入幽暗的大厅时，吓了一跳。奇怪了，售票口前竟排着四位年轻的旅客。天寒地冻之日，加上大雨作梗，一路未见半点人影，连村子住家都柴门深锁。我不禁困惑，怎

牡丹站

么会有一群学生在此搭乘火车。更何况，这小站平常只有普快车和区间车停靠，少有旅客驻足。

待我趋前细瞧，随即明白，原来是一群铁道迷正在买硬纸票。他们显然在此滞留一阵，看到我们鱼贯进来，后头的人赶紧知会最前方的同伴，是否先让位？

他这一劝说，我更加好奇，莫非有何大事？要不，哪须如此大费周章，在一个小站排成队伍，还透过一个小小的窗口，低俯着身子，似乎不断和站务员沟通。

到底发生何事呢？探问后，果然判断无误，原来今天恰好是牡丹车站卖硬纸票的最后一天，以后都要计算机化了。这些年轻人担心日后买不到，不惜远从中南部北上。

话说硬纸票，系用粗糙的纸板制作，正式名称应该叫"名片式车票"，但没人喜爱这种繁文缛节的修辞。以前硬纸票是由站务员从木头售票柜里抽出，再以削铅笔机模样的轧票机，轧上当日的乘车日期，卖给旅客。现今计算机化售票，打印的车票缺乏亲切感。

只是人工硬纸票，贩卖过程相当牛步化，不符时宜。每卖一张票，轧上日期，还得记录，繁复又容易出错。上个世纪末，台铁全线各站售票计算机化后，只剩下少数车站仍兼有贩卖。比如海线的日南、追分，纵贯线的香山，宜兰线的侯硐、大溪、平溪线的菁桐，以及花东线的一些小站。我不知，牡丹为何传出今天是最后一天。原本冷清的车站，仿佛节庆般热闹。

四名年轻人让出原来占据的票口后，队友各自买了一张回台北的区间车票。轮到我时，特别向站务员打招呼。先前来过几回，下车时又常只有自己，两人因而有数面之缘。

我开口问他："今天很忙哟？"

也不知是感伤，还是不快乐，他自嘲道："在牡丹做这么久了，第一次这么忙！"

"他们买多久了？"我机灵地追问。

"少说也有一个多小时了。"

天啊！这么久。我再回头端详他们，看来都是穷学生的模样。

他们如何买呢？我在旁边观察，只见前头的学生，一边看着木票柜，一边指示站务员想要购买的车票。木票柜像蜂巢，每一格都有牡丹至某一站的硬纸票一叠。这些学生手头可能不阔绰，每买一张都要仔细盘算，希望购买的，张张具有纪念价值。

月台上，一只灯蛾贴着铁道沟盖，把斑驳衬托得更荒凉。

如此一往一来的探询，这些铁道迷把过程搞得非常繁琐，一个人就能占据窗口许久。他们之间也相互协调，每个人只能买十五分钟，接着换另一人购票。所幸，站务员耐心地配合，还会详加解释每一站在铁道的意义，供他们参考评估。大概是最后一天，才这么热心吧！

我们买完票，随即在车站内清理，把湿濡的衣袜全脱了，再换上干净的衣物。有人出去找吃的，败兴而返。此地惟有一家临时面摊，常是开一天打烊三天，掌厨的还是菲佣。

不知何时雨终于停了，年轻的铁道迷继续排队。山友们都走下台阶，在站前广场透气，眺望。

我散步到小学，前方一座高耸而庞然的山头，在浓密的云霭中若隐若现。那是台湾最北，一等三角点的灿光寮山。九份就在山的后面，前面有条通往那儿的貂山古道，半途还有诸多通往森林的山径，都可和那山联系，构成一个绵密的漫游网络。

　　以前常来牡丹车站，就是从这些小径，踏上许多地图上未知的荒野。说到这荒野，心情反倒是平静而愉悦。

　　回家前，我又凑兴，加买了牡丹至侯硐、牡丹至大华的硬纸票，留做此行之纪念。手上握着硬纸票时，竟也有些许感伤，仿佛某一段牡丹车站的岁月，从明天起就要消失。今天是最后一天呢！

　　从那天以后，我意外发现，自己未再去牡丹站了。硬纸票不再贩卖，我生命最茫然的山行岁月，似乎在此也宣告结束。而那天以后的牡丹车站，更是悄然地生疏了。(2003.4)

牡丹站

宜兰车站

兰阳溪

野菜小店

二结王公庙

甘仔店

二结旧谷仓已重新翻修，
下了车就能看到。

以自然农法为理念的
岛屿农场

近百年历史的二结车站，
前面的广场以前是市集。

进学小学也
有百年历史

二结圳
环境教室

水圳桥旁边有一个
旧站牌

二结旧桥
造型典雅

二结圳百年来灌溉了
周遭的平原

中里站

二结站

我很喜爱检视稻穗，
触摸它的质感。

无所事事的小站

很高兴，年过半百了，还有机会认识九十岁的二结车站。

从日治时代的木造驿站改建后，快半个世纪了，它始终保持着洗石子的朴拙外观。样式简单，并未粘贴瓷砖，或者涂漆装饰。

五月时，它还有普快车停靠。现在却只剩下区间电联车，时而到来。这是一座经常只有你一人下车的小站。来到这里，打心底必须无所事事。

它像多数东部的车站，站前不止静谧，还很空旷。没店没铺没街，周遭仅有二三户人家，其他都是绿意盎然的稻田了。这是一个适合晃荡的地方，高浓度的乡间小站风味。

东部车站的空旷，或因采矿运砂，也可能基于甘蔗的需要，这里主要却跟稻米有关。车站后方有一座典雅的日治时期旧谷仓。早期很多大谷仓都是建在车站旁，方便运送粮资。这座旧时代的建筑告知了，二结车站曾是运粮的重要据点。

一座旧谷仓的集散，大都仰赖劳力。工人须扛起上百台斤^[1]的米

---

[1] 台斤：1台斤 =0.6 公斤。

谷仓颓圮翻修了，农厝变楼房，青绿的稻田会走向有机吗?

洗磨石子旧桥是进入车站的惟一通道。

袋，上下进出，卸货装货，谷仓里外活络不已。除了劳工、谷仓职员，以及商贾往来，许多摊贩也在此一站前广场集聚，形成热闹的市集。

七〇年代初，农业没落，再加上设备老旧，建筑不易修葺，这里的风华才逐年褪去。十多年前，二结农会另建新谷仓后，这一旧谷仓便闲置了。车站前的空旷愈显荒凉。

其实，也不止旧谷仓荒废。随着时代变迁，人口集中到宜兰、罗东等城镇，旅客搭火车都选择大站。前些时，二结车站便一度面临废站。

很多台铁小站都有危机意识，站务员对待旅客之周到，总教人窝心。此地亦然，他们借着热心的服务，争取旅客的好感和拓展业绩。比如，当你在罗东、宜兰买不到车票时，或许可以联络二结站。他们总会竭尽心力，帮你找位子。一旦站务人员发现有退票可补位，还会挂电话

二结圳灌溉了二结一带的农地。

通知你。

　　进出车站，最特别之处，惟有一典雅的旧桥，横跨古老的圳沟。此一旧桥为洗磨石子的低矮造型，桥身藓苔罗布，古意盎然。前些时，车站旁边进行工程，砂石车必须进出。建商曾建议，重新盖一座宽阔的新桥，他们愿意出资。当地文化志工担心旧桥消失，出面反对，遂保存下来。

　　后来，砂石车只有硬挤过去。如今检视桥墩，好几处都因砂石车转弯不慎，遭到磨撞破损，但至少桥面是完整的。

　　仔细瞧，旧桥旁边斜立一斑驳的公车站牌，偎在 7-11 招牌旁，勉强露出半个"兴"字，跟旁边槟榔摊打听才知道，叫宜兴客运。一个路线非常在地的公车，多数专跑偏远之地，路线主要以宜兰和罗东二城为中心点，往邻近乡村延伸，不像国光客运只沿主要干道服务。

以前它即有一偏僻路线，往返二大城间，一天二班，中途经过二结。主要服务对象为老人、小孩和学生，都是仰赖大众运输的乘客。无奈乎，兰阳平原的小客车持有率逐年成长，导致宜兴客运难以生存。四年前，悄声地结束营业了。

无论提及旧桥或车站，势必也得谈谈横跨的水圳。它已有一百八十多年历史，长期灌溉了大二结的稻作。以前，水位较低时，还有妇女和孩童会下水去摸文蛤。

前几年，政府单位整治为U形水泥沟壁。当时小区志工试图抢救，一如旧桥。但这种工程的进行往往迅快，没几日怪手轰隆出现，一铲接一铲。晃眼间，即将水圳两侧圆石砌成的护堤，挖掉了一大半。

所幸，他们的心志未被铲平，还是设法美化水圳堤岸，铺设一条枕木步道。沿着清丽的水圳，车站可通往历史近百年的进学小学，还有古朴的二结村。啊，这都是旅人在此徒步旅行的美好去处。

而另一边，往海边的方向，跨过平交道，就是去拜访旧谷仓了。晚近它被列入县定古迹，正在进行修复工程，持续为二结农村的稻米文化留下历史见证。

整修后的二结旧谷仓和附近的田园景观相互契合。

吾道不孤，有一群人默默支持岛屿农场。

　　它的外墙写着冗长拗口的名称："保证责任／利泽简信用购买贩卖利用组合／农业仓库"。有机会搭宜兰线区间车时，经过二结车站不妨望向东边，约略会看到这几个日治时期残留的斗大字样。

　　我喜欢沿着弯曲的田间小径，以很农夫闲逛的方式接近。据说它是什么仿古罗马巴西利卡式（basilica）建筑风格的。这种西方传统的公共建筑形式，特点是平面呈长方形，外侧有一圈柱廊。但我怎么看，都瞧不出，二结谷仓有此一高贵形式的任何特征。直觉里，它的外观很朴实，和附近的田园景观相互契合。

　　从二结谷仓，远远地便看到一间黑瓦的低矮平房，被广阔的青绿稻田包围。那是我最想拜访的地方。一处尝试在常年惯行农业下，摸索自然农法的家园。

岛屿农场的主人放弃了教职，他正在处理从池塘挖上来的有机肥。

　　这间黑瓦小屋的主人放弃了农药和化学肥料的使用。一般有机田园都选择青山绿水，避开污染的水源和土地。惟独它，以"岛屿农场"之名，坚持在这块长期受伤的土地，不止以有机作物治疗，也试图以时间复愈土地。

　　我远远地眺望着，周遭都是碧绿的色泽。平静的田园分不清哪儿的绿不对劲，或者好坏。但我知道那儿确实有一场浪漫的农业革命，正在悄然发生，在这昔时以谷仓著名的车站。其实，台湾很多乡野也正在如火如荼地进行有机革命、实践无毒家园。

　　啊，这样的历史对照，我的晃荡或许沉重，但这样的车站和走路，却也更有风味了。（2008.6）

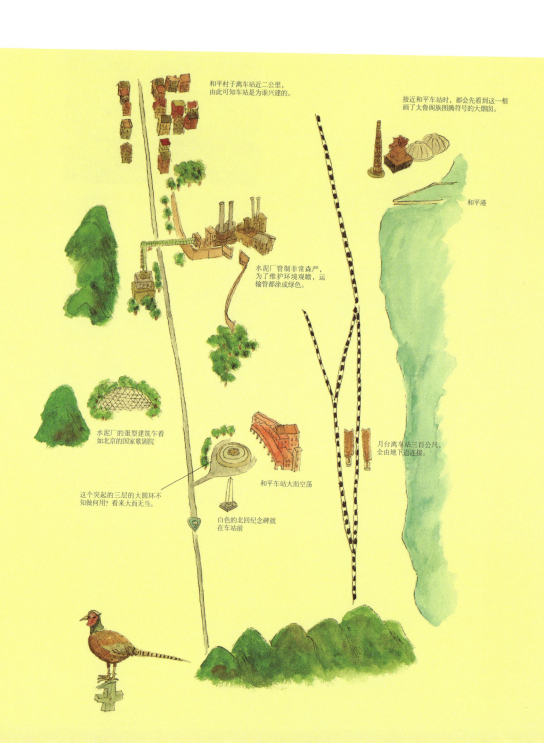

和平村子离车站近二公里，
由此可知车站是为谁兴建的。

接近和平车站时，都会先看到这一根
画了太鲁阁族图腾符号的大烟囱。

和平港

水泥厂管制非常森严，
为了维护环境观瞻，运
输管都涂成绿色。

水泥厂的蛋型建筑乍看
如北京的国家歌剧院。

月台离车站三百公尺，
全由地下道连接。

这个突起的三层的大圆环不
知做何用？看来大而无当。

和平车站大而空荡

白色的北回纪念碑就
在车站前

和平站

百年前，西方旅行家来台，
最爱猎捕环颈雉。
因栖地破坏，数量锐减。
花东的农田、草地尚可遇见。

失去和平的山谷

　　每天清晨七点左右，花莲火车站按时有一辆从光复驶来的普快车。这种二次大战后改装，服役迄今的慢车，很少在台湾的铁道奔驰了。它也是花莲以北，惟一的一班，西部早就不见踪影。

　　当典型的橘红车头蓝色车身缓缓驶进时，第二月台上，往往约有二三百人固定等候。

　　他们多半属于同一公司的员工，早已熟悉这班火车的种种内容，似乎闭着眼也能搭乘。这班列车行驶约五十分钟的车程，先经过农地不多的荒野，越过立雾溪。最后，穿过长长的隧道，抵达终点的和平车站。

　　这家大公司叫台泥，在此设有三个点。台湾水泥和平厂、台泥和平火力发电厂、台泥和平港公司。搭乘这班普快车的主要是通勤员工，偶尔则有往来协力[1]的厂商人员，只有少数公教人员。

　　这班早上惟一的列车，猛然让我想起电影《恶灵古堡》里的那辆，通往地心另一头，不属于外面的城市。

　　一搭上火车，旁边的员工打量我的装扮，确定我既非员工，更不像

_____

[1] 协力：即配合工厂生产所需的各种供应商和外包厂家。

搭乘火车，望向太平洋，深蓝色的海迎面而来，常有一种远离过去，生命突然美好的旅行情绪。

穿过三百多公尺的地下道，才能登上月台。

来谈事情的厂商，不免好奇问道："你要去钓鱼？"

我摇摇头，心里一阵奇怪，自己身上毫无钓鱼装备，他怎么会如此探问？大概是一种无聊的探询吧！

我苦笑着，答不出所以然，耸耸肩，随便给个理由："那里没去过，想要到处走走。"

我随即反问："为什么不住在和平就好，这样大老远上班不是很辛苦？"

其实，我也反问了一个无聊的问题。请问你会把家搬迁到水泥厂旁边吗？空气糟不说，缺乏餐饮百货，而且子女的教育怎么办？我自己最先想到的，便是这些生活的基本条件。

当火车抵达后，数百名员工鱼贯下车，穿过冗长的地下道，陆续前往水泥厂发电厂。开阔的车站，顿时空寂无人。只有数辆灰扑扑的水泥

接近和平站时，都会看到此一绘有当地少数民族图腾的水泥厂烟囱，矗立在海边。

列车，静默地停在站外。留下我一个人，慢条斯理地摸索着地下道。最后，很奇怪，也很不合时宜地，站在空荡的大厅。连站务员都狐疑地，多看了我好几眼。

我走出去后，检视车站的门牌：秀林乡和平村 276 号。

涂上绿色，横跨空中的输送管还是很突兀。

车站前有一个大圆环。更前方，层层高耸的大山迎面而来。山脚下，一个白色的巨蛋型建筑，大概是台泥和平厂的，仿佛北京的国家歌剧院，唐突地坐落在老北平里一样。它在此出现，也产生狐疑的效果。

八点十五分，载我来的普快车，准时往回走了。它的离去，更让我明确地感觉，这里是全台湾最空旷而虚无的车站。

虽说空旷，编制人数却像一个排。站长一人，副站长三人，员工十七人，分成三班制，轮勤值班。站里还设有四部身障电梯，提供旅客完善的乘候车环境。这是一九八〇年北回铁路全线通车后，中途最大的一座。

但很少人会搭乘区间车，在这一站下车。只有一些开车经过清水断崖的游客，或者是骑摩托车、单车的旅行者，想要留下记录，在站前拍

宛如北京的国家歌剧院的蛋型建筑休。

个照，便匆匆离去。

　　这是可以理解的。和平是高大山区和浩瀚太平洋紧紧逼迫下，一块平坦、亮丽的空间，好像台湾的肚脐眼，没什么功能。但它凹进去，小小的清楚地存在着。

　　我走到前方的一座白色纪念碑，抬头仰望。这座"功垂北回"纪念碑，追念着一些开拓北回有功的殉职人员。回头再看远方，和平溪口矗立的大烟囱，其图案融入当地少数民族风格，还颇具特色，但也是一种讽刺。原来，我的周遭都是裸露的山壁，以及横亘群山的绿色输送管。

　　我很想到蔚蓝海边的草原徜徉。二十多年前，专程搭车来此观看环颈雉，那时西部已经难以见到。此地灌木草原，经常有好几只缓步觅食，在太平洋风浪的起落间，悠闲地栖息着。

冬日午后，我在苏花公路上逗留，恰好遇见难得的
组合：自强号、清水断崖、崇德隧道。

但心里头，却同时被一个巨大的不愉快回忆侵袭着。

同一年代，太鲁阁族曾反对当局的东部开发政策，抵抗台泥购地。惟在高价的利诱下，部分太鲁阁族人卖地求富，后来被迫迁徙到和平火车站附近。荒谬地，用比自己卖土地时更高的价格，买进工业局配售的土地。更悲惨的是，年轻的族人还得到水泥厂谋职，不然就得远走他乡。

望着纪念碑，我想到一百多年前，太鲁阁族的祖先，曾在此轰轰烈烈地对抗日本军队，虽然最后落败了，世人却谨记太鲁阁族的光荣圣战。

在环保风起云涌的八〇年代初，太鲁阁族却因财团的高价欺骗诱惑，被迫失去对土地的信念。这一场没有刀光血影的战役，他们输得更惨，莫名其妙地连家园都赔了进去。

"功垂北回"纪念碑，坐落在车站前。
造型无美感，仍吸引旅者拍照留念。

　　我沿大路走往村子，经过警卫森严的工厂大门，以及高耸的围墙。
抵达村子后，未看见便利商店，多数住户紧闭窗子。随时都会有一辆庞
然的砂石车，迅速而冷漠地经过，扬起巨大噪音，留下大量尘土。在这
笔直的街上，车子似乎摆放一天，便会蒙上一层厚灰。

　　我了然，太鲁阁族大概不会有第三场战争的机会了。纵使日后苏花
高兴建的争议，他们恐怕都是局外人。

　　无聊地弯进小路上的邮局，买了张盖有"和平"的明信片，庸俗地
寄回家。邮筒似乎有一层灰，我小心地放入。啊，多么无力，都是灰尘
的和平。(2008.7)

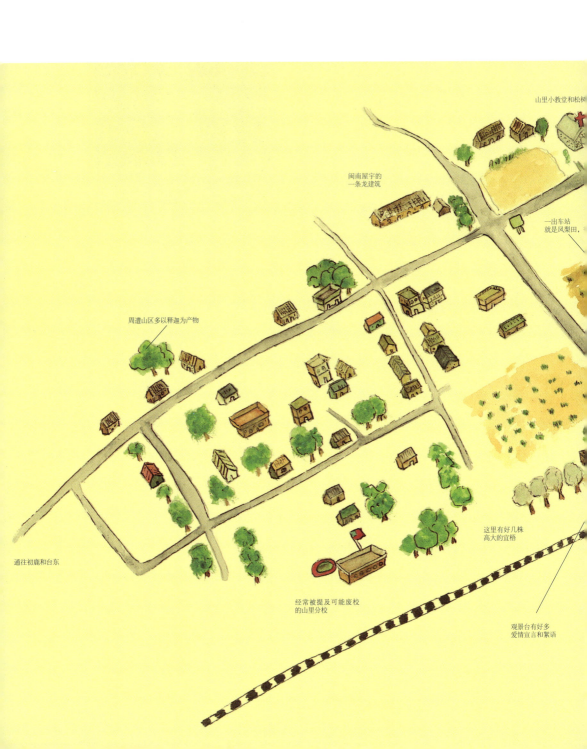

山里小教堂和松树

闽南屋宇的
一条龙建筑

一出车站
就是凤梨田，

周遭山区多以释迦为产物

这里有好几株
高大的宜梧

通往初鹿和台东

经常被提及可能废校
的山里分校

观景台有好多
爱情宣言和絮语

山里站

通往台9线，
约八公里。

山里车站

箭头指去的方向可见
都兰山和剑山

宜梧在冬初开花冬末结果，
一公分不到的果实很甜。但
难以满足。

传说中，到不了的车站

我们不是说好了都不会分开吗

到现在呢　我一个人好寂寞

想哭

眼前的解说牌上，不知哪位旅人，留下了这样凄美的告白。这是我抵达山里车站，走上旁边观景台，乍眼看到的题字。

几株罕见的宜梧伫立在旁，垂下银白的叶子，仿佛为这一段失恋絮语增添感伤，也优雅而苍白地伴着，这寂静的山峦小站，让它更充满传说中难以抵达的缥缈情境。

如此真挚简洁的文句，会不会是某一旅客的恶作剧呢？我一路辛苦到来，纵使怀疑它的真实性，还是被周遭空灵的自然环境所感动。

山里是一座隐密的小站。花东的车站，大抵都相当接近台九线，惟有它远离，深陷都兰山下对面的河阶台地。多数人因而不知它的存在。

二〇〇九年第一天，我驾车前往鹿野的山区弯绕时，突地看到一块

山里站隐匿在卑南山脉一隅，月台上的突出物是路牌抛接的"授器"，现在已不使用了。

山里站

绿色牌子，上面标示着："山里车站8K"。

临时兴起，决定一探究竟。结果左弯右绕，经过了好些颠簸而荒凉的路面，又好不容易撞见一二路人，探问二三回后，方能迢迢抵达。过去网络一直盛传着，一个到不了的车站，我因意外的旅次，不小心邂逅了。

从观景台远眺，眼前开展一线灰霭诡谲的利吉恶地形景观，剑山和都兰山等矗立于此，形成海岸山脉最为高大连绵、巉岩岭峨的景观。难怪观光单位在此地搭盖了木造观景台。三百六十度的视野，四面皆有解说牌，逐一翔实地介绍了周遭的自然环境。

观景台下方，还有枕木步道设施，以及东部单轨火车的特性描述。或许是气氛感染，容易萌生感动吧，除了刚刚看到的留言，游客憩息的枕木长椅上，也有好几则，而且多以情话为主。

此一小站外貌，让我联想起台东的马兰车站，同样是二十多年前，花东线系列兴建的那种呆板但实用的样式。站前的花圃，修葺良好，青绿的灌丛剪成整齐的树篱矮墙，颇有日式庭院的雅韵。

我继续东张西望，有时闭目，试图聆听声响。一片静寂里，只有远方村子的炒菜和剁砧声，偶尔飘来厨房烧煮的淡烟。此等难以述说的祥和，流露着美好的乡野气息。

这村子无疑是偏远中的偏远，孤独中的孤独。我们遗忘了花东纵谷，它则被整个花东纵谷遗忘。一个人忘我地坐着，这一天，甚至这一趟三四天的短暂旅次，都在邂逅这意外的风景时，得到百分百的满足了。

这时副站长带着小黑狗走出了车站，在铁道上左顾右盼。我猜想，有班火车快要经过。他在观看周遭有无任何状况。

山里每天有六班俗称"白铁仔"的区间车停靠，另外是早晚两班蓝色的普快车。每日上下车人数不超过二十人，多数为通勤的学生，其他村人鲜少利用。

很难想像，此地十几年前已不卖票，仍是拥有三四名工作人员的三等车站。他们在此负责列车的交会，以及运转调度。

不过，副站长提及将来或有废站的可能。铁路局一直有个规划，在下方山脚修筑一条明隧道，如果此一计划成功执行，日后铁道路线更改，火车就不再爬坡驶上来。山里站也不弃自废，遑论成为无人的招呼站。

在此除了远眺山水，最迷人的便是等待火车的经过，尤其是停靠。

我很好奇除了通勤的学生，还有谁会抵达，又来自何方？

一名旅人若走出山里车站，随即映入眼帘的是两大片凤梨田，风景自成一殊。住家则落散周遭，一个人口不过三四十户的阿美族部落，只有一户汉人。他们靠山吃饭，以农耕维生。一路下行，我看到释迦、高粱、玉米和洛神花等农作。

小村里面没有邮局商铺，没有机关，没有农会组织，只有一所初鹿小学的山里分校。它是全台东最迷你的学校，六名小学生，四位老师，一名工友。学校虽小，设备资源颇齐全，几乎是一对一教学。师生生活作息都在一块，互动像一家人。

但一如其他偏远小学，这里危机感很重，每年都会传出裁撤的消息。此地也像其他部落，大部分都是隔代教养，或者单亲。父母亲有一半都到外面工作，家境大抵不好。一旦被裁撤了，这些学童势必四处寄读，部落也会更形萧索。

如今有一所学校存在，村子仿佛有一个精神支柱。透过老师的教学和家属互动，整个部落还有一种温馨的生活联系。此一分校在此，很人文，也很和社区的，勉强成为联结地方的平台。

这种情感的联系，车站正前方的迷人小教堂，同样扮演了重要的角

副站长向快速经过的自强号举起小红旗。

接近部落时，诡谲的利吉恶地形出现在眼前。

隔绝在山谷中的山谷，铁道如通往隐遁之界。

就在这张解说牌上，我看到感人的爱情絮语。

部落里的闽式建筑，可能即惟一的汉人住户。

书法字样的"山里"，让出入口也是风景。

色。它的门口写着"山里福音教会"，属于基督教长老教会。白色的小教堂顶着红十字架，优雅而圣洁地矗立着。建地用卑南溪床的卵石堆高为小台地，墙壁似乎也都以卵石堆砌而成。大小如一储藏室，仿若给小矮人居住的建筑。前方有一棵大松树陪伴着。

我正望得入迷。旁边的住家，走出一位嚼槟榔的男子，热情地和我打招呼，问我想不想看看。我当下大喜，随他引进。里面是鲜艳的蓝色木造屋顶，四面墙壁涂白，三排木椅，大概挤不到三十人。据说重要节庆时，火车会从远方载教友来此礼拜。

这时一辆小货车到来，一路播放着当地少数民族音乐，运送棉被到此贩卖。驾驶操着阿美族语，跟我们大声打招呼。临时当我向导的男子兴冲冲地过去聊天，忘了我的存在。或者，才认识不到五分钟，就把我当成村人，留我在教堂晃荡。

未几，我走回车站，继续等候火车到来。继续站上观景台，回味那段悲伤的情话。进而沉浸在花东纵谷，一个被遗忘的深沉山谷里。

(2009.1)

山里部落的白色小教堂，秀气地坐落在村庄最前方，多以当地卵石为建材。

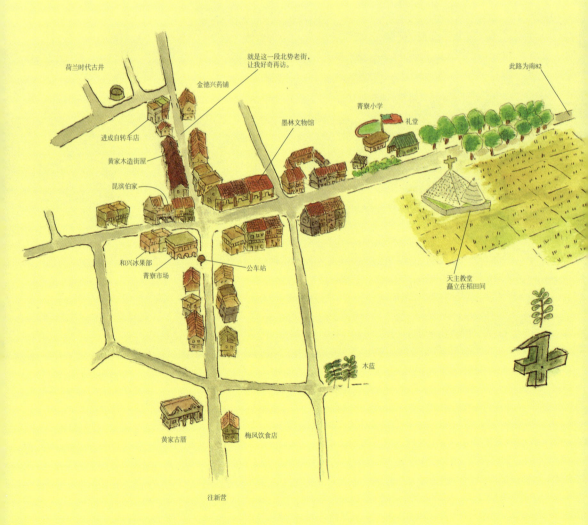

荷兰时代古井

就是这一段北势老街，
让我好奇再访。

此路为南82

金德兴药铺

菁寮小学

墨林文物馆   礼堂

进成自转车店

黄家木造街屋

昆滨伯家

和兴冰果部   公车站

菁寮市场

天主教堂
矗立在稻田间

木蓝

黄家古厝   梅凤饮食店

往新营

后壁站

往水上

后壁车站，
以前有轻便车连接关仔岭。

从车站到菁寮还有三四公里的
路程，但值得走路前往。

往新营

北部的染料植物山蓝，
俗称大青。相对的，
木蓝称为小青。

走路去无米乐的家园

木造的后壁车站，只有区间车和区间快才会停靠。我下车时，发现只有一名外佣一起出站。

候车室内，几排长长素净的白色木椅，搭配着透明玻璃的木窗，空荡出寂然的荒凉。日治时代前往关仔岭温泉，都是从这儿转乘五分车。到了战后，游客们多半在下一站的新营改搭客运。

我原本也想在新营下车，但我不是要去关仔岭，而是到一个叫菁寮的小镇。那儿因为纪录片《无米乐》出了名。后来，主角昆滨伯种的米，得到比赛冠军，再次声名大噪。

从新营车站前往菁寮的公交车叫白沙屯线，每天只有五班车。一大早两班，中午两班，黄昏时再一班。公交车班次稀少，走路旅行限制便多了。只好继续坐火车回后壁车站。从这里到菁寮，约莫三公里。

如今的后壁车站，已无关仔岭的宣传。售票口虽有免费的折页导览，上面标题却写着：无米乐，冠军米的故乡。走出车站，回望着这座黑瓦的木造车站，一股兴奋顿时油生。自己选择了在此下车，而且要走

牛背鹭群跟在收稻机后头觅食，这一刻，农夫、鹭鸶和我都是满足的。

路过去，似乎是正确的决定。

一辆出租车恰好驶进来。这位司机很少在此载客，正准备回新营。他告知，前往菁寮只要一百元。我不搭理，他狠心打对折。

我一度动心，但想起曾经在书上见过的景象：一座诡异如金字塔的教堂，矗立于碧绿的稻海之中。再想像，黄昏时，太阳照射在菁寮小镇的沧桑，余晖打亮金字塔教堂的庄严，还是选择了徒步。

第一次经过菁寮是去年，并非为了无米乐，而是偶然。当初因为赶搭高铁，朋友抄小路，弯进了这个名气方兴的小镇。

经过的时间大约二十秒，就弯出来，继续在稻田为主的原野上奔驰。但这短短的二十秒，我的眼睛霍然开朗，惊讶着南台湾还存在着这么精致、朴实的老镇。此后便惦记着，改天一定要专程前来，而且缓慢地接近它，像赏玩古董般，慢慢地品味。

沿着通往菁寮的南八二大路，果不其然，远远地，便看到金字塔逐渐露出。我随即兴奋地弯入稻田间的产业小路，避开了车辆的往来。黄昏时，走在这等乡径，远比徜徉在任何景点都更加快意。

多数的第一期稻已收割，但还有好几处正在抢收。行进中的收稻机后，总是跟着上百只牛背鹭，热闹地集聚在那儿，寻找土堆中的虫子。

菁寮小学日治时代建造的中正堂，让我想起小时就读的台中市大同小学的礼堂。

百年前西方旅行家描述的南部古厝，大抵如是。

黄家木造街屋过去出租给许多店家做生意。

从远远的稻田走过去，在绿浪中，看到天主教堂了。

这是农夫、鸟类和旅人都同感满足的时光。

　　菁寮的天主堂出自一位得过普立兹克建筑奖的老外之手。金字塔教堂突兀地矗立在南台湾，前卫十足的线条搭配着绿色的原野，乍看确实不协调。但我沿着稻田逐渐接近时，摆脱了金字塔和沙漠的既定印象，逐渐有着和谐的亲切。

　　我猜想，当初设计者可能也是从稻田的角度反复摸索，才有此一颠覆的想像吧。若是从小镇的位置构图，就不是这等内涵了。

　　接近天主堂时，我折回大路，旅游导览告知了前面是后壁小学，内有二三老建筑物，足发思古幽情。果然，学校左右端各有日治时期的建筑。其中一间为蓝色的木造大礼堂。门口斗大的"中正堂"俯瞰着我，我不免怀念早年自己读小学时的那一座。

它们的长相全然相似，一样的巨大、古朴。这时，我仿佛在梦里，跟四十多年前的那座相逢似的。在石头上，我趺坐许久，像跟一只绝种多时的巨大哺乳动物，静默地对望着。感谢它的回来。

小学前方就是期待中的小镇了。两排红砖和木头为主的老屋旧景，以不规则的栉比鳞次，安静地偎集着。当我走过，更以一二楼高的低矮和没落样式迎接。

那些这些古老是如此熟悉，却难以一次归纳。仿佛得来个四五回，无聊地坐在木椅上，闲闲地望着，才能具体地感受。

我站在当初惊艳的十字路口。眼前便是昔时包办所有嫁妆的北势老街，一排长瘦的木造街屋，衔接着远方的老旧三合院。继续很早时代的风华，旅人最想停驻拍照的那种。

我注意到，路口另一头有一小小菜市场，里面有十来摊。看那铺台的摆置，应该是卖猪肉、鱼肉和鸡鸭的。毕竟周遭都是农家，蔬菜类容易取得。

这回邂逅因时间从容，充满踏访的新鲜感。沿着北势老街走到尾，

挂着 YAMAHA 招牌的旧式二层楼木屋，教人有着微妙的时空错愕感。

折返时，弯进协成伯的脚踏车店。他在暗黑的车店里头打盹，我探头进去时，他刚好醒来，邀我进去休息。他知道我是个疲惫的旅人，却没问我是谁。

一对老夫妇进来，我们一起坐在长板凳上。他们专注地和协成伯聊风水、神明的问题。我离去时，还在兴致勃勃地讨论着。

走回十字路口，昆滨伯正在店里打算盘，一边似乎在抄录稻作的事项。我走进去，他热情地欢迎我。全是和谷物相关的店面，摆了两张精致的藤椅。

他忙着书写，要我随便做什么都可以。就这样打完招呼，也不知我

昆滨伯忙着核对文件，我们对坐了许久，不曾聊天。他似乎把我当成街坊邻居。

是谁，他继续埋头工作。我猜想，现在是休耕期，他还有时间在桌案处理事情。等下一期稻栽种时，又得在田里忙了。

就这样，静静地坐了许久。对面的冰店聚集了不少当地的年轻人，因为是知名的冰店，也是小镇少数的饮食店。我把背包搁着，去那儿吃了一碗。约莫半小时回来，他仍伏案工作。

一辆新营客运到来。六点钟的最后一班公交车。这是没有便利商店也无旅舍的小镇。我跟他仓促道谢，旋风般离开。

我仿佛没来过，继续停留在初次的惊艳。(2008.8)

后壁站

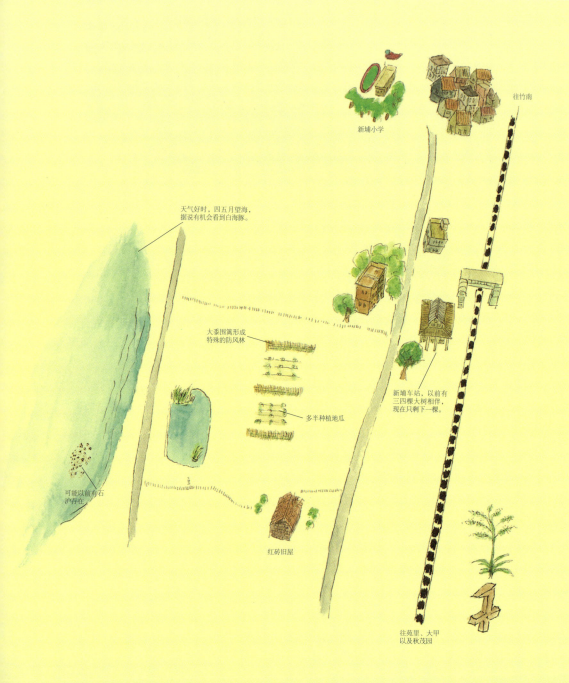

新埔小学

往竹南

天气好时，四五月望海，
据说有机会看到白海豚。

大黍围篱形成
特殊的防风林

多半种植地瓜

新埔车站，以前有
三四棵大树相伴，
现在只剩下一棵。

可能以前有石
沪存在

红砖旧屋

往苑里、大甲
以及秋茂园

新埔站

大黍俗称马草，外来种，
遍布大肚山台地。
新埔海岸亦到处可见。

永远一个人的车站

　　周末清晨，寒流来袭，我带着一群学生，想到一座无人的小车站。去那儿做什么呢？老实讲，我也不是很清楚。只是直觉，生命里应该有这样的风景。

　　我们从沙鹿搭区间车往北行，经过清水、大甲、日南等。这是纵贯线的海线，西部铁道最荒凉的路段。

　　半途，我们遇到了一位老农。他正要回家。早上他从田里挖了两大篮的地瓜，挑到沙鹿市场。不到九点钟，已经卖光。这是他最近的买卖路线，从新埔搭火车，南下固定在沙鹿，若北上则是到新竹或竹南。他熟悉那些市场，当地顾客也习惯他的出现。

　　我很好奇，除了买主的信任，他的地瓜为何如此好卖？还有他挑地瓜的扁担和篮子，到底是用什么制作的？

　　探询下才得知，原来他使用的那根磨得发亮的大扁担，竟是用刺竹做的，已经挑了二三十年，几乎是他身体的一部分。我看那根扁担，虽是一根平担，但相当粗大，绝非一般刺竹可得，想必是特别选取。以前

这样的木造候车室是望海、发呆、看小说的上乘场景。

屋檐下的牛眼窗是海线木造车站的特色。

的人，为了得到一根优质的扁担，往往特地栽植培养，在植株生长过程时，刻意略微弯曲调整。三四年过后，竹子长成合适的弧线，也够坚实了，才砍伐。我猜眼前的扁担当是这样呵护的产物。

只可惜，装地瓜的米箩，现在是用塑料制作的，以前的人多半以桂竹编织。我不免大叹可惜，老农也附和我的想法。桂竹编织的往往更为坚固耐用，只可惜，现在少有人懂这门手艺了。

在区间车上邂逅了挑地瓜的老人和卖菜的阿嬷。

　　沙鹿镇以红土地瓜出名，晚近还以此举办节庆。老农会挑到市场贩卖，想必新埔的沙土地瓜亦有其特色。而像老农这样从海边挖取，前往海线小镇贩卖的人，应该也有好几位吧。

　　我们一起在新埔车站下车。这是纵贯线最靠近海的地方。车门一开，随即迎来强大的海风和细沙。除了车站，跟一二间房舍对望，四处尽是荒凉的景观，被海的声音和气氛包围着。

　　只有区间车停靠的新埔车站仅一名站务员。平时都只有一二人下车。老农出了站，兀自孤独地北行。远处地平线有一小村和一所小学。

　　此地是日治时期海线系列木造车站之一。同样的身影，还有大山、

大黍形成的围篱，颇适合防风。

谈文、日南和追分等，都有八十多年历史了。但惟有它，一棵老木麻黄树陪伴着，紧紧面对着开阔的海洋。虽是纵贯线上不甚了了的驿站，却是走进海洋的惟一小门。一走出车站，就不自觉地被前面的海洋吸引。

我们四十人一起下车，显得拥挤许多。但纵使这么多人，走出了木造乳黄色的小车站，仍跟蚂蚁一样，只剩豆大的身影，没入开阔而寂寥的天地。

七年前来此，车站的素朴和周遭的荒芜搭配一起，有种浑然天成的沧桑，直觉铁路局随时会废弃它。如今时空依然不利，它还能完整地存在，颇教人额外欣喜。

这车站合该是每一本成长小说，每一部偶像连续剧，都该描绘进去

通霄火力发电厂庞然矗立着。

的场景。纵使像我这样年过半百，都有小小的窃喜，感谢自己还有机会，没有错失这座小站的走访。更何况来此三回了。

　　但一个人来，跟一群人走访，还是有些差异。一个人适合倚着车站的木门，远远地眺望海洋，然后在强烈的海风中，寂寥地缩回木椅。支颐搁头，继续由木窗凝视。火车停靠的班次不多，心里想着，或许下回该带本艰涩的长篇小说，来此打发时间。

　　四十人是不同的孤寂。我们像几十只同时孵化的小海龟，奔向海洋。以许久未有的异样心情，迎向集体的开阔和孤独。大家各自走向海堤，走向广阔的沙滩，留下各自的足迹。

　　海边的堤岸多了不少步道设施，但在海风狂野地镇日吹拂下，形同废墟。地方政府还是不懂得，"天然乀尚好"的美学，总自以为是地添加一些丑陋的人工设施。以减法工程考虑，让自然环境自行改造，这等新思维并未在此发生。

不远处，有一间红色砖墙平房，惟一角残破，早已无人居住。前面有二三株勉强结果的番石榴树。然后是一垄垄地瓜田。那些地瓜叶仿佛被晒焦，又仿佛营养不良，呈枯萎状态，显见地质之恶劣。它们的困顿状态让人想起火车上遇到的老农，不知他那卖相极佳的地瓜如何栽种的？

中部海线素来以防风林闻名，一道道防风林接连地在田野上矗立着，种类有木麻黄、竹木和黄槿等。此间沙地竟以一种禾本科植物，形成淡黄色的草墙。这一独特的自然景观约及人立高度。它叫大黍，俗称马草。当地人偶尔割取，喂食牛羊。防风林间，除了地瓜，勉强有一二菜畦，小小的，还用细密的纱网盖住。

四十多人奔向海边，一阵冷静后，有人继续彳亍海滩，有人放松地横躺防波堤，也有双人结伴紧靠，继续背对着陆地。尽管长长的海堤，布满了无以计数的消波块。我们偶尔也会扫瞄到，地平线远方，几根通宵火力发电厂的烟囱，高大地竖立着。但大海仿佛都包容了这些人类的

年轻的学生下车后，不顾寒流，奔向海边，在沙土留下足迹。

不当行为，也接纳了我们的寂寞。

　　海峡的海有一种开阔的浅薄，轻悄的抑郁。海浪的声音像是发自很近的地方，而非遥远深邃之处，天空则始终灰黩而低沉地配合着。好像不容易被淘空什么，也很难满足。眼前的海，似乎教人更茫然。

　　我站在海堤，如此郁卒地远瞧。到最后，知道什么都不用说，关于这里的人文风物种种。回头望着车站，有人正走过，又是一位挑着扁担的老农，猜想应该也是挑地瓜到外地贩卖，刚刚回来吧，一辆火车在他背后离去。

　　但徘徊海边的我们，继续把时间在此搁浅。(2008.12)

高速风景

我是高铁人

有一天，去买笔记型计算机。我跟售货员提出自己的条件，很简单，只要能上网和打字即可。

售货员听完，确知我是计算机白痴后，他用最浅显的语言，贴心地提供了进一步的建议，"现在小尺寸的笔记型计算机有两种。一种不耐震，怕冲撞；另一种，确定可以在高铁上安心使用。"

这个提醒引起我的好奇，平时搭乘高铁，到底有多少人在打计算机？后来上厕所时，遂刻意绕远路观看车厢里的旅客。来去几回的经验得知，一节车厢内使用计算机的人，其实还不多，往往只有那么三四位。相反的，打手机的人倒是不少。不过，在那平稳的空间里，我相信计算机的使用率将愈来愈高。

此外，在这个观察里，我意外地获得了一些新的体会。我隐然察觉，搭乘高铁的人，在心境上，明显地和搭乘台铁的人是不一样的。其差异，不只是时间的缩短可一言以蔽之，还有许多细微的改变，在搭乘时悄然发生。

他们是高铁人。明亮干净的高铁，仰赖这排声势浩大的清洁人员维持。

　　比如，好几回，我在搭乘时，手机讲到一半便断讯，或者打不出去，那时往往正经过桃园台地，或者进入新竹苗栗山区的隧道。

　　因应地形的限制，我逐渐摸索出通话的时机。高铁从台北出发，穿越桃园台地，出现一望无垠的乡野和簇拥的都会时，大约有七八分钟，还可接通。接下来，高铁进入新竹至苗栗间无数的隧道时，手机时断时续，还不如关机。

　　等出了苗栗山区，接近大安溪时，方能安然通话。不过，横跨大肚溪后，又有八卦山台地的隧道紧接在后，这时又要断讯。出了此一山区，手机才畅通无阻。

高铁的廊道设计风格前卫，仿佛另一次元的世界。

　　只是，好不容易掌握如何在高铁行进间趁空打手机之际，我却有了另一层领悟。

　　高铁穿过隧道，手机不易接通，让我找到合理的借口，安心地关机，借此推托一些杂事。更因逃避烦琐的俗事，意外获得了一段安静的休憩时光。在站与站间，在两个忙碌的城市间，获得了生活的必要缓冲。

　　这一难得的平静，搭乘高铁多回的人，尤其是旅程较远者，相信都会感同身受。高铁的准时，让人安心地享受这一短暂的休息机会，不必上车了还不断地忙着打手机，或是摊开计算机。透过高铁，反而有了跟这个世界隔离的时间。

　　这种快速移动下的生活躲避，充满启发。让我思考，高铁不止带来

搭上高铁，去远方，也和世界暂时脱离。

一个新的生活秩序和生活价值。它本身是一个绝缘体。一旦关机，你有一到二小时，不属于别人，只属于自己，安静地沉浸于自己的小小世界。

高铁是某一种移动的 Motel。一个暂时的家。旅人无须另觅栖身的旅馆。我因而不看好，旅店和公寓在高铁站旁的发展。从我的需求，它的周遭未来也不可能如一些趋势专家的乐观，将会出现大卖场和百货公司。它只是一个转运站。有一段距离的隔开，正好适合。

假如小说家卡尔维诺活在高铁的年代，他一定会有相关的描述，一如其对火车进出城市的浓厚情感，写出诸多精彩的隐喻。

诚如他的书，《如果在冬夜，一个旅人》，或许凄凉。

但更进一步，如果在高铁，一个旅人，却很异域。

我在高铁上，就看到不少卡尔维诺式的寓意和情境。搭乘高铁时，何妨印证看看，是否有以下我描述的这些状况发生：

　　　　火车常常经过丑陋的城市背后，一大堆难看的城市公寓建筑。但高铁行经许多美丽的荒野和农村，带出更多自然风景。你更想把视野望向窗外……

　　　　你很庆幸，不用再开车，孤独而漫长地单独驾驶。你开始讶异，早些年为何有惊人的体力，花三四小时在高速公路奔驰……

　　　　你比以前更快抵达要去的地方。更愿意前往以前不想去的，或者一些以前不曾走访的地点，更愿意花时间滞留。你觉得自己有更充裕的时间观察异地……

　　　　你会更有兴趣翻开一本书，在平稳的空间里阅读。所以，看书的机会可能增加了。高铁站因而出现书店，提供书本贩卖的服务，但火车站就不会摆设……

　　你正在被改造，正在高铁化。不知不觉以高铁的时间和风景，重新调整生活的节奏。

我绝对是高铁人！这是我一年来对高铁的贡献。

在高铁站和车厢里，有很多高铁自家的广告，采用了直接对照的宣传策略。比如，一个人在城市的木桶池里泡热水，有了高铁后，他可以在樱花树下泡汤，远眺蓊郁的森林。又好比，一对情侣原先只能握着鼠标，透过计算机网络联络对方。现在，却很快就能手牵手了。

这些广告强调的是时间的缩短，带来生活的便利，但都不若心理层次的改变。对愈来愈倚赖高铁往来的人，这是一辆短暂心灵治疗的列车，都会人的冥思空间。

现在，我很享受，一上车就闭目养神，仿佛搭宇宙飞船，跟台湾和世界短暂脱离。可能很久没有这样放空了，我透过这个短暂的休息，获得解压，仿佛按摩，亦若SPA，让自己好好放松。当目的地抵达时，再恢复精神，回到原先的世界。

高铁下一期的旅行广告，说不定可以刊登如是的内容了。(2008.9)

大汉溪，无卵石　　　　　　桃园，埤塘　　　　　　新竹，卵石河床

搭高铁，宛如看生态电影

　　视野更高，路线更荒凉。再加上，骤快的速度，高铁不仅如预期带来城乡差距的洗牌，也带来全新的旅行视野。

　　从年初迄今，搭乘数十来回后，我便有不少感慨。尤其每次从台北出发，好像步入电影院就座，火车穿过长长的隧道后，一部台湾写实片开始放映了。

　　早上搭乘南下列车时，阳光从东边照射进来，我习惯选西边的座位眺望。此一位置，光线柔顺地照向西海岸，风景最为舒适。

　　反之，选择东边的座位，就得碰运气。阳光若未强烈，那就幸福

苗栗，油菜花田   彰化，乡野   浊水溪，泥沙丰沛

了。远眺时，还可望见雪山山脉和中央山脉，纵使没有辨认山头的能力，跟大山的矗立遥遥相对，亦是一大享受。

高铁经过的路线，大抵有二大类地理环境。北部桃竹苗，以丘陵地居多，南部出了八卦山之后，几乎是平野。

尽管风景如此简单分明，仔细观察，每一个区域仍大异其趣。我们常赞美，台湾具有丰富的生物多样性，或可从这一纬度二十五下抵二十二多度，近乎两格半的小小差异里，看出鲜明的变化。

比如同样是丘陵，桃园地区众所周知是埤塘之乡，水稻青绿错落，工厂却也争相簇拥。新竹山区乃油桐树密集之地，碧绿的山坡林相，间有柑橘、柿子等果园景观。苗栗则不再是工厂伴护着稻田，农家院落较为普遍，却也呈现几许破败的荒凉。

云林，网室栽培   嘉义，蔗田

　　这一大片以红土和卵石为基调的家园，最后，延伸出了铁砧山、大肚山和八卦山等相思树的台地。

　　又比如同样是平野，浊水溪以北，大抵为水稻和旱地的混杂环境，树林则由防风林罗列，逐渐转为园艺树种或人造林的景象。过了浊水溪，云林的田野换成另一种风貌，多半为绿色纱网铺盖的叶菜类栽培区，有时一望无垠，形成绿毯般的惊奇。

　　一过嘉义站，逐渐换成大面积的甘蔗田，一块块鲜明地，和稻田、旱地错落。接近台南时，渔塭和菱角田的环境逐渐多了，但工厂也相对地增加，再次形成紧张的土地关系。

　　最后，靠抵终点站的半屏山时，一栋庞然的东南水泥厂矗立，尴尬地为这部生态纪录片画下休止符，颇有电影戏剧手法的震慑高潮。

台南，科技园区

    这是一部台湾平野景观的自然纪录片。以前搭火车，往往要四五个小时才演完，现在浓缩成短短的九十分钟。高铁制作的是部快转的片子，时速若三百公里，每分钟，划过眼前的景观约有五公里长的景物，每秒则约八十公尺。这么迅快，旅客往往来不及咀嚼，就得抛诸脑后。

    这部片子所呈现的视角也迥异于过去，它的位置更高。平均高约十公尺，带着略微俯瞰的视角，巡行这片上地。

    一路上邂逅了绮丽明媚的田野乡间，惊叹着许多山野丘陵的婉约，居然尚未前往。连目前最为翔实的旅游指南，都还不曾记录过。假如你跟我一样，一路做笔记，认真记下那些惊鸿一瞥的风景，日后再逐一邂逅，相信将有走不完的旅程。没有一部纪录片，能够如此紧密地展现这般华丽而多样的台湾景观。

只是，也会诧异，土地滥垦和生态破坏竟如此严重。搭乘高铁望向窗外，无疑地，那是认识台湾生态环境破坏最佳的课程。

搭乘愈多回，目睹的也愈多。从北部城乡建筑的丑陋面貌，丘陵林相的大量开垦滥伐，以迄中南部农产耕作的凋零，工厂违建的严重污染之类，又或者溪流水质的恶化、河岸的胡乱整治等等，总是让人触目惊心。

几乎每一分每一秒，车窗的画面，都会带来教人伤痛的无奈场景。对环境土地敏感者，简直在看一部台湾版的《不愿面对的真相》。

也望见，远远的大地上，常有一老农老妪，渺小地站在荒凉的农地上，跟祖先一样，已经站了一辈子。还有一些耕地正在转作，重新以花卉栽植，尝试着寻找新的出路。又或者，更多的土地在休耕中，偶有一些，还栽植了漂亮的绿肥植物，养土护地。这些景象都让我更小心地思考，我们和土地的关系。

当然，也惊觉，外来种的植物不断地入侵。比如小花蔓泽兰，早已从中南部扩散到北部丘陵，在桃竹苗的相思林蔓延开来，大块大块的浅绿色泽，浸染了整个森林，仿佛整个西部山区都将沦陷。还有那晚近常被我们称颂的油桐树，竟然漫山遍野，不断地增加面积，对丘陵地原生

终点站，东南水泥厂

物种产生严重的威胁。

难道没有油桐花的林海，春天就不能美丽旅行？

难道必须修筑高长的水泥护岸，河川才能防洪？

难道老旧的古厝聚落非得拆除，才能更新都会？

难道山路都得开得又宽又大，才能带来货物畅流？

我的高铁旅行风景，永远夹杂着这些与那些复杂的美丽与哀愁，活力与颓败。这部家园大地的纪录片，无法剪接，也无法掩饰。它总是很老实，原原本本的，把每个时节该有的景观赤裸裸地展现。这些文明又荒野的画面，不断地轮番轰击我的双眸。

通车快一年了，我还无法如过去，在台铁的火车上，习惯地安稳熟睡。总是撑着眼皮，想多看窗外儿分，好像目睹一部家乡自制的精彩电影，不看觉得可惜，但看到了，却又抑不住伤悲。(2008.6)

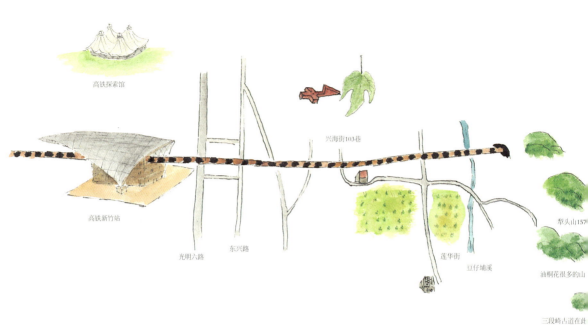

高铁探索馆

高铁新竹站

光明六路

东兴路

兴海街103巷

莲华街

豆仔埔溪

犁头山15？

油桐花很多的山

三段崎古道在此

搭高铁看桐花

　　五月桐花季又到了。去年搭乘高铁，试着从窗口观赏花海。窗外的桃竹苗丘陵，有些森林仿佛覆盖了一层层白雪。快速过景间，高铁又不断地出入隧道，一明一暗下，那花海的绰约，更充满明亮的流动性。

　　今年雨水不多，风景似乎更为可观。常见的相思树，黄花满树，茂盛愈加，而且延长了花期，重叠了油桐花季。两种树群夹杂，黄白相间，更撞击出春日的繁华，也把桃竹苗丘陵低海拔最大的美丽，全部在这时迸发出来。

搭乘高铁的经验，如同台三线，桐花大多蔚集在新竹和苗栗山区。去年，我在桐花季时，初学了桐花雌雄之分辨。一棵油桐会因地理环境和时空条件而变性，有点像现代人性别意识失序，缘由复杂，不知如何解释，知道这等状况后，便懒得再区别。宁可傻傻地，继续以眺望的美学距离，凝视犹若白雪皑皑的山头。

油桐这一属，我们熟识的大抵有千年桐、三年桐、石栗等不同树种，主要分布区域在亚洲东南方、太平洋部分岛屿。香港人把耐污的石栗当行道树，据说此果有毒可当泻药。我们在日治时代，把前面两种树，从大陆引进，取果实萃取为工业涂料。

三年桐很少，果实和油桐相似，但外皮光滑，因而又称光桐。四月初时，就看到紫花零星掉落。至于形成白色花海的千年桐，即俗称的油桐，果实外皮如老人之青筋外露，我们最为熟悉。

如今为了观光花季，我们虽未鼓励大量栽植，但似乎有愈来愈多之趋势。常见漫山遍野，好像忘了其外来种之威胁。一般来说，桐花的盛开期在四月下旬到五月上旬，将近一个月的怒放。有时受到温度和降雨量的影响，还会缩短。

从旅行角度来看，还真有点压力，犹若日本的樱花赏之旅，过了此

卵石田埂罗列
稻穗熟了
豆仔埔溪蜿蜒蓊郁乡野

旧时沟渠如昔
桐花落了
三段崎古道穿越相思山林

162

季，就得等明年了。两相再比较，日本人赏樱历来有之，早已形成风雅的传统习俗。近年借科学研究之助，政府提供详细的开花时间和地理分布信息，樱花的演出因而更臻完美。

晚近几年，我们也尝试仿效。客委会便架设了一个桐花祭的网站，里面开辟了"开花行事历"和"全台开花状态"，确实为台湾的桐花旅行，带进一个新风貌。

这一桐花情报自四月中旬起，每周四发布一次，大约共四回。各个乡镇都有专人在固定的景点观测桐花状况，回报消息。以前赏桐花，经常拿捏不准该去哪一个点，才不至败兴而回。如今有了翔实的动态记录，旅行前一天，上网浏览，哪个乡镇桐花的开花状态，以及花苞、吐花的内涵程度，都更加了如指掌了。

桐花时节，能在桐花林间游赏，当然最为惬意，但我着实不喜欢被引导，循着官方网站的安排，跟随人潮去推挤。我喜爱自己寻找路线，避开游客集中的步道区。官方网站介绍的桐花步道，也很容易失去野趣。我喜欢摸索一些尚未提及的山径，三五好友前往，静静地享受。桃竹苗桐花山路之精彩，当在这样的随性漫游。

比如，四月底时，有天，我在高铁新竹站下车，回首望见六家之后山，一百多公尺的犁头山山区。远眺时，山坡上油桐和相思树相叠，黄白花朵参差错落，绮丽地蔚集，不免教人心生向往。

尽管高铁新竹站提供接驳车，分别驶往芎林与北埔、峨眉等观赏桐花的地点，我还是大动游兴，选择了徒步旅行，走往这列高铁旁的山区。

进入山区前，这儿有大片水田和平野森林。桐花开时，一期稻即将结穗，我喜欢此等穿过乡野的生气盎然。这时稻田的色泽也最为饱满。我沿着蜿蜒的窄小柏油产业道路，跨过豆仔埔溪，再走过泥土田埂，愉悦地接近山区。满意地以为，桐花之行当如是也。

进入山林，更是漫游之精华。犁头山东边，有一条著名的三段崎古道。崎乃山坡、斜坡、陡坡之意。古道中间大段山坡，仍保持泥土农路和卵石阶梯，无疑是认识卵石台地的精华路段。山路因分成三段，而有此名。

此一古道衔接六家乡野和新埔宝石里，乃昔日农民运送柑橘等农作物，辛苦走出来的林间小径。油桐花海便在这段古道上恣意地起落、绽放，伴随着我们的游走。

现今的桐花旅游，明显地朝观光化发展，进而结合客家的文化创意产业。此一营销策略，晚近逐渐看出成效，但我们或更该期待，桐花漫游背后所带来的质朴意义。

覆满油桐花的山路，大自然最浪漫的风景。

　　选择不知名的山路赏桐花，而非走入像诚品书店般的枕木步道，无疑充满具体的感怀和感恩，更贴近贫瘠年代的生活情境。对客家人而言，油桐所代表的意义不止是生活经济上的帮助，还是一种长久以来的感情依靠。这种客家人与油桐间的深厚关系，实宜好好彰显。

　　樱花季时，日本家庭外出赏樱，常选择一棵允当的樱花树下铺就地毯，矜持地守望那儿，悉心地享用简单的餐点，甚而有着和服之严谨仪式。我们的下一步桐花旅游，或可以此为借镜，走向细腻的赏花美学。

（2008.5）

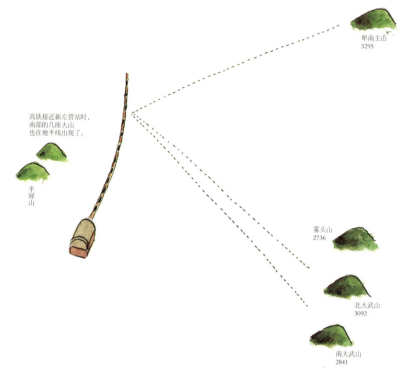

卑南主山
3295

高铁接近新左营站时，
南部的几座大山
也在地平线出现了。

半屏
山

雾头山
2736

北大武山
3092

南大武山
2841

冬末午后两点半的高铁

冬末时节搭乘高铁旅行，很难入眠的。再累，也想撑着眼，或者干脆叫一杯，滋味平淡的高铁咖啡，让自己清醒些。

为何不休息呢？原来，这时节油菜花全面盛开了。车窗外，荒凉的乡野间，常有一块长方形的休耕田，冒出黄澄澄的整齐花海，温煦地迎向阳光。仔细瞧，还有一些小白蝶，在花海间飞舞。

那种明亮色彩，仿佛不是大地自己孕育，而是某种装置艺术，经人

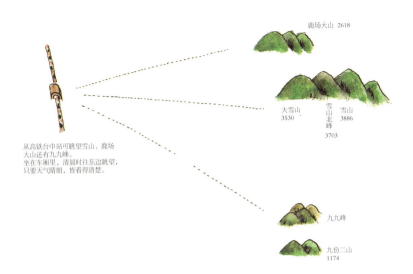

鹿场大山 2618

大雪山 3530
雪山北峰 3703
雪山 3886

从高铁台中站可眺望雪山、鹿场大山还有九九峰。
坐在车厢里，清晨时往东边眺望，只要天气晴朗，皆看得清楚。

九九峰

九份二山 1174

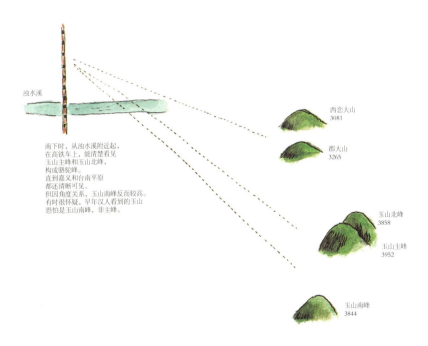

浊水溪

西峦大山 3081

郡大山 3265

南下时，从浊水溪附近起，在高铁车上，能清楚看见玉山主峰和玉山北峰，构成骆驼峰。
直到嘉义和台南平原都还清晰可见。
但因角度关系，玉山南峰反而较高。
有时很怀疑，早年汉人看到的玉山恐怕是玉山南峰，非主峰。

玉山北峰 3858

玉山主峰 3952

玉山南峰 3844

冬末午后两点半的高铁

九九峰　　　　　　　　　　雪山山脉　　　　　　　　　　苗栗油菜花海

刻意摆设。为了庆祝某一嘉年华会，一夜之间，安插在田地上，让死寂的环境，洋溢着生命色彩。

有时，那金黄花海，还不可思议地在平原连接好几块，或者在山谷间，丰饶地盈满，让人眼睛一亮，油然心生温暖。

搭乘高铁，车窗所能眺望的位置较高，也远比铁道和高速公路的视野辽阔。油菜花田铺陈出来的瑰丽视觉，益加绚烂夺目，让人联想起花东纵谷的油菜花田。只是花东纵谷的花海总是大块风华，仿佛与生俱来就该如此丰腴。

西海岸刚好相反，从一片枯寂许久的大地上，硬是发芽蹦出。那种突然间的璀璨，以及预期中，时间不长的花季周期，更让人有着新生命到来的喜悦。

高铁经乌溪河床　　　　　波斯菊花海　　　　　　　　恶世界和玉山山脉等

　　每年从冬至暖身，持续到过年。这是一把大地慰问我们的大束鲜花。不管去年过得如何辛苦，祝福我们愉悦地迎接未来。

　　我一路估算，高铁沿线的油菜花田，大抵从桃竹苗丘陵开始，一直延续到云林的平原，过了高铁嘉义站，才逐渐消褪。

　　高铁的纵贯，更让这片花海有了左右之分。若望向海岸，大抵是平原花海的内涵。看久了，难免单调。若朝内陆观赏，景观转折较多。冬天的午后，我因而喜欢选择东边的座位。近景可赏金黄花海，远景则遥望层叠山峦。

　　冬日下午的山峦，往往是一整年里，山形轮廓最清楚的时候。不论稜脊线条，巅峰嶙峋，光影层次都特别分明。尤其是下午二点以后，冬日的阳光偏斜，从西海岸越过高铁，照射在油菜花海，再照到中央山脉、雪山山脉。那等二三千公尺高山的雄峙崚嶒，或者是较近距离，中低海拔浅山的嶙峋参嵯。惟有透过高铁的远眺，才得以具体地感受。

从旅行的观点，我也建议，何妨学习鸟目，让我们搭乘高铁时，打开另一个视野。

何谓鸟目？这个日本汉语的意思，带有远眺、望远的情境，在旅行时，又充满知性的内涵。

以前，我对鸟目的种种定义还颇为挑剔。大抵认定，凡旅人眼睛所见，必须带来一番新的地理视界，进而添增新颖丰沛的历史了解和地理想像。

在鸟目的对象里，山岳无疑是最好的地标。但山岳的指认，却也是鸟目内容里，最繁复深奥，最富挑战性的辨认。若要仔细地一个个鉴别，势必会让人头晕眼花。但若择一二代表性山头，或特殊造型者，作为欣赏的地标，旅行就会变得有趣许多。

当你鸟目着，看到熟悉的山，惊奇地发出喟叹，"啊，知道了，终于看到了！"那种没想到竟也能看见的情境，俨然遇见老友的欣喜。比如，站在新光大楼，竟能看到北插天山；伫足七星山，竟能遥望大霸尖山。以前从未想过，透过鸟目，竟有这样的乐趣，我想那样的惊喜，也是旅行时很重要的享受吧。

过去，我认定的鸟目位置，大抵是像101、七星山这类，一等一视野的地方，才可能有这样的机会。但这是定点鸟目，等搭乘高铁，我才了悟鸟目无须至高，且可不断变换。高铁带来的流动鸟目，远方山头一个接一个轮番出现，那种目不暇给的惊奇，展现了另一种况味。

建议搭乘者，何妨带一张简单的台湾山岳地图，沿着旅行的方位，计算着，现在看到的可能是哪一座山脉。我的经验里，比例尺十五万分之一左右的地图最为允当，才能从容地对照，一路寻找，甚至惬意地，品尝那毫无风味的咖啡。

或许，第一回生疏了些，难免手忙脚乱。等多坐几回，那种寻找的乐趣就会悄然衍生。假如不想错过任何机会，那么出发前，先做一番功课吧。说不定初次启程，所有重要山头都找到了。

懂得流动鸟目，届时就能享受，加里山、雪山、九九峰、西峦大山和玉山等等，一座座大山在眼前的远方横陈，逐一耸立而过的快乐情境。

但可千万记得，不要带比例尺太大的地图。比如五万分之一，只适合对照高铁两侧的城乡和山林环境，像苗栗火炎山、大甲铁砧山、台中

高铁南下接近台中时，铁砧山耸然而立，红土卵石台地的印象鲜明。

大肚山等等。否则，届时会忙得团团转。

　　总之，冬末时，欣赏油菜花田和学习鸟目山岳，这样的高铁旅行，都是别无仅有的新旅行视界。（2008.2）

高铁站旁的土地公

除了南北二端，高铁站多位于荒凉而空旷的地点，犹如外层空间的接驳站。旅客们穿梭往来，不知车站外围有何乐趣，遂鲜少逗留。

有一回，在台中站乘车返家。从 7-11 拎了一杯城市咖啡出来后，因为不急着赶回湿冷的台北，干脆走到外头晒冬日的阳光。没想到，我竟有了新发现。

前方草原，传来小云雀飞入天上的清脆鸣叫。也不知半空中，到底有多少只，但那美妙的声音，到处传来，从未停歇。我不免有些感伤，再过个四五年，这些空无一物的草原，或许都会兴建公寓大楼，成为台中最热闹的区域。

我一边聆听，一边远眺着灰蒙蒙的大肚山。远方有一座亮丽的建兴宫醒目地伫立着，那儿是三和村的聚落。我知道它的旁边，有一栋乌日乡最大的古厝，叫聚奎居，三合院型态的二层巴洛克洋楼。从高铁站走路过去，一刻钟就可抵达。

今天不赶车了，我突地兴起，前往一探的乐趣。再者，我又看到，

学田路

高铁三路

乌日乡
最大的古厝聚奎居

高铁二路

往彰化

仔细瞧，
黄连木的每根羽状复叶的小叶
都不对称。

高铁五路

筏子溪福德祠

高铁东路

厝仔福德祠，面向
西北的三和村。

筏子溪

铁台中站，
有最多家餐饮店。

因为紧邻高铁，
新乌日站是台铁新车站中
最具现代感的一座。

往台中

这里是小时常来钓鱼的位置，
接近溪口了。

高铁台中站铁桥

高铁站旁的土地公

高铁来了，小云雀意外获得辽阔的家。

很久以前，大的小的圆滑的卵石便在这儿了。

聚奎居，诗人陈若时故居。

榕树遮荫筏子溪福德祠，小庙庇佑周遭。

草原上矗立着一棵大树，旁边有座小庙相伴。另一边，还有更大的庙祠和大树。每回搭乘南下的高铁进站时，都会看到。荒地上，空无他物，惟独这两棵大树伴随小庙幸存下来，它们像两个大问号，站在那里向我招手。

印象里，这两座小庙，都因高铁站周遭的发展，差点被拆毁。那时村民群起反对，因而闹过一些新闻。我很好奇，它们是什么样的树种，供奉的神明，又是何方神圣。兴趣既来，当下便从高铁站走路过去。

第一间小庙旁边的百年大树，树干拥有直条裂纹的理性线条，远望以为是樟树，接近时才发现，竟是一株黄连木。这种树在中南部的丘陵地比较容易看到，但此棵竟生长在接近河岸的平坦环境，颇让人诧异。

它足足有三人抱的躯干。可能为了预防台风的吹袭，树枝遭锯断不少，也落了不少叶子。惟主干依然强健，树根部位堆置了许多大卵石，每颗都接近橄榄球的大小。

黄连木老树下设有一香炉，另一侧则摆了一座观音菩萨像。另外，大树旁边崭新的小庙，叫厝仔福德祠。此区老地名，乃三和村厝仔巷，昔时多为水稻田。小庙在两年前重建，装饰华丽繁复。虔敬地膜拜后，再探看，里面摆了三颗大卵石，接近大西瓜的体积，跟一尊土地公

筏子溪的土地公头戴王爷帽，旁有土地婆。

相伴。

我大胆猜测，三颗大卵石理该是此间发现的，可能因为体形硕大，迥异于其他小卵石，或曾显灵，特别供奉为神。至于何时发现显迹，恐怕还得探问当地人。

过去，它是座不及人高的小祠时，就伴着百年黄连木。如今高铁从旁经过，它也焕然一新。在土地公的奉衣上，我看到了"高铁车队乌日站管理委员会"等字。然后，外墙的安座大典捐献名单中，中华工程捐了二十多万元，排名第一。可见这座小庙和老树，跟高铁的关系匪浅。当初高铁想砍除此树，闹得新闻见诸各媒体，现在转而虔诚祭祀，其中的转折变化，颇耐人寻味。

正榕下供奉着树王公小祠。

正在寻思，只见一妇人前来祭拜。我以为，她势必是附近的老住民，才会如此虔敬地供奉。不意，她的回答令我错愕，竟是一家香港餐饮连锁集团 Noods Café 驻高铁台中站的负责人。

她说餐厅过年后才开业，竞争很激烈，光是一个台中站就有七八家同业。经人指点，她得知这儿有一间和高铁相关的庙祠，便来此祈福，盼生意兴隆。高铁才通车一年，看来此庙已成周遭新兴行业的保护神了。

离开时，发现旁边水泥堤防贴有一醒目红纸，以毛笔书写着："高铁厝仔福德祠／农历二月二日头牙有作戏／请高铁团队司机小姐先生莅临参拜"。见及此，不禁莞尔。

厝仔福德祠的大卵石，不知发迹显灵于何时。

　　我再走往另一棵大树。那是一棵气根绵延的正榕，本身供奉着树王公小祠。旁边紧邻的，还有一座福德祠。榕树周遭也有卵石，堆栈成基座。这些卵石错落有致，小的若枣子，最大者也不过棒球之体积，年代似乎颇久远。不像黄连木周遭，似乎都是新近高铁施工后，才堆放的形容。

　　这间庙祠更大，也很新，六年前才重新安座，叫筏子溪福德祠。筏子溪乃紧邻高铁旁边的大溪，穿过乌日和大肚山间。里面祭拜一颗大卵石，亦如西瓜之大。比较特别的是，卵石旁侧除了供奉土地公，还有一尊土地婆，而且土地公戴着华丽的王爷帽，想必此地曾发生非凡事迹。

　　不久前这儿举办尾牙，特别请戏班来作戏，给土地公婆看。从供奉

黄连木伴着厝仔福德祠，面向大肚山，守护着三和村。

的卵石色泽分析，明显系久远年代出土的那种，现在整理过的地面，恐怕更难发现。这间庙祠，我也打躬作揖，深深敬拜，没祈求什么。

两座庙祠旁都置放着储水箱，显见荒地上，非常缺乏水源。这些水多半供给拜拜者使用。放眼周遭，除了高铁庞然地横跨而过，这块筏子溪西岸的环境，处处都有卵石暴露，呈现一片荒原景象。

其实，往昔这里是水稻绵延的环境，附近的农夫引用筏子溪的水源灌溉，一如目前大肚山山脚的富丽。此地可能晚近被政府或财团搜购，整并为高铁开发用地。不少水田因而废弃，成为荒凉的草原，等着兴盖高楼。小云雀暂时遂能快乐地鸣唱，在此繁殖下一代。

以前水田辽阔时，两棵老树遥遥相对，势必为淳朴的乡野风景。两座小庙，一面向筏子溪，一朝向大肚山，各自守护着湖日村和三和村，庇佑周遭的产业。此外，有庙必有路，当初少说应有一条田埂路，由此抵达筏子溪边，经由现今台一线的集泉桥通往乌日镇上。

我如此想像着过去的美好，虽时移势转，仍期待着两棵大树，还有相伴的土地公，同样庇佑高铁。接着，继续拎起背包，走向大肚山，准备探看那座传闻许久的古厝。（2008.2）

风
物
寻
味

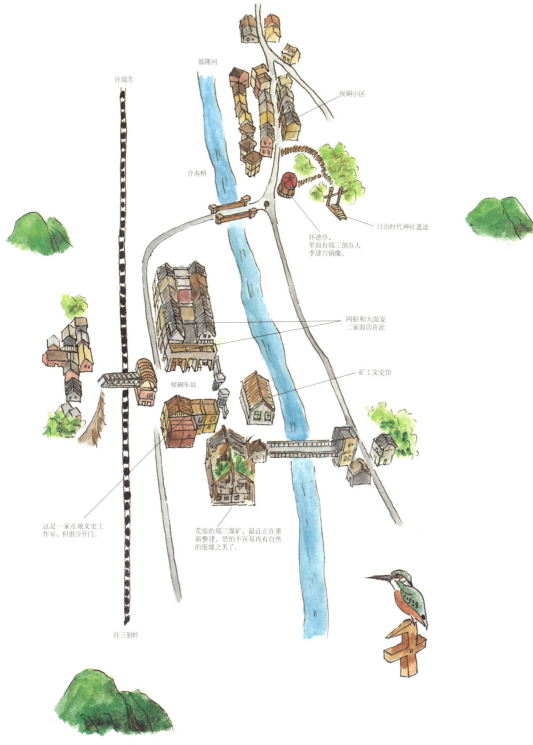

往瑞芳

基隆河

侯硐小区

介寿桥

日治时代神社遗迹

怀德亭，
里面有瑞三创办人
李建兴铜像。

阿虾和大面发
二家面店在此

矿工文史馆

侯硐车站

这是一家在地文史工
作室，但很少开门。

荒废的瑞三煤矿，最近正在重
新整建，恐怕不容易再有自然
的废墟之美了。

往三貂岭

狮子嘴奇岩395米

184

侯硐站前的两家面摊

坐落在昔时产煤的黑色小镇中心，侯硐车站有些改变了。

不知何时车站涂上了红漆，敷上新墙。整个死灰的车站，硬是嵌入了现代感的鲜艳装置。昔时脏乱的厕所也重新整修，隐于楼梯一角，不再成为进入车站的门面。

总之，横竖怎么看，它都像一个乡下老人，戴着时尚的耳坠子和鼻环，教人啧啧惊奇。

但是走出车站，侯硐还是一样荒凉。庞大的瑞三矿厂，依旧以废墟伫立着。一排黑色屋顶为主的一二楼平房尾随在后，不规则地集聚一丛。另一侧还有一间新建的矿工文史馆，似乎想要诠释侯硐的什么煤矿历史，但迟迟未开放，也接近一间蚊子馆的内涵了。

寂静的车站前，仿佛只剩下两家古早面摊还活着。它们一大早便开炉营业，忙碌不停。

通常，光顾两家面摊的顾客，并非本地人，大多是外地来的游客。游客中，又以登山健行者为多。

当他们搭火车在此下车，或往产金的九份、金瓜石，或往产煤的柴寮、新寮。不论哪个方向的古道和山径，路途都有些漫长，或者艰辛。娴熟门道的，都会在此稍事缓身，享用热呼呼的面食再出发。好像不吃这么一点，那种出发就少了什么力量。而且，说真的，方圆六七公里，没什么饮食店了。

两家面摊不止相互竞争，也相互影响。刚开始或许不同，几十年下来，卖的内容便相近了。注意看摆在透明柜子里的小菜，猪头皮、鲨鱼烟、脆肠、透抽等等，都是从瑞芳菜市场批购的，讲究新鲜干净。至于炒出来的，或有咸淡差别，但都相当家常口味。

不少山友来此，习惯点盘鲨鱼烟。但近年来全球鲨鱼数量遽减，对于这道小菜，我早已不再点用了。所幸，两家的美味不止这道。白切三层肉，还有红糟肉，一样受到好评。

每回，我在此下车走路，纵使已经吃过早餐了，也不脱俗例，照样要点个什么小菜的，添个肚子再说，仿佛这样才提得起劲走路。

地方小吃，多擅长传统风味。这两家因为都超过半甲子了，而且长年竞争，下面的功夫硬是了得。登山人不谈，一般游客初次尝着，难免满口诧异，这等荒凉之地，何以有如此传统地道的小吃。

侯硐车站前的民宅，多以油毛毡铺盖屋顶。此材质省钱，但几无隔热功能。

侯硐站前的两家面摊

尤其是黄昏时，若有登山人下山，准备搭火车回家，又饿又累下，这两家面摊仿佛两盏明灯，温煦地在黑暗的山谷点亮着。

那时吃到的小吃更充满暖意。这两家面摊往往也从早一摆，直到下午六点才收工。我更见过，有些人山爬不动了，还会专门开车回来吃面。除了满足口腹之欲，也怀念在这儿爬山的岁月。

我若在黄昏到来，除了小菜，还会叫碗传统竹篓子氽烫的面条。它们的面食包括阳春面、米粉或油面。有些人特别偏爱干拌面，煮好的面条淋上特制的肉燥，再添增一些韭菜，甚而加配一颗卤蛋，似乎就很满足了。我则偏爱油面的温热和汤头，毕竟走久了，需要补充水分。

两家面摊的主人都是老夫妇。彼此间什么时候互不相往来，恐怕都记不清楚了。因为竞争激烈，难免有些较劲的情形。比如，他们都曾私下跟我抱怨，另一家比较贵，或者小菜口味有一些缺失。

离车站略远的那家，叫阿虾小吃店，早在侯硐矿业兴盛时就开张了，当时是由现在掌厨的阿虾的公婆所经营。阿虾的先生，以前是这儿的铁道员，退休后妇唱夫随，一起做生意。

你跟这前铁道员报我的名字，他会特别高兴，因为我在登山指南里介绍过侯硐的面摊，但他常强调自己的小店特色，刻意忽略另一家。更

桥上有铁道通抵瑞三煤矿，往昔煤矿车和矿工来来去去，相当热络。

从西边小村远眺侯硐车站，想及早年的繁华，愈发感受此地的没落。

阿虾小吃店主要由阿虾主厨，相较于男主人，她比较沉默寡言。

从月台望向侯硐车站，还以为充满现代感，其实只有局部如此。

时有开名车、骑重机人士，为这桌菜肴专程而至。

爱宣扬一些电视旅游节目来此走访的记录，店里便有几张跟那些主持人的合照。铁道员也喜欢吟诗作词，墙壁上即有一副对联，"小店名气大，老酒醉人多"，足见其舞文弄墨的雅好。

　　另一家大面发面店，夫妇更是鹣鲽情深。他们手脚利落，不因高龄而迟缓。老太太搭配老先生的下面、舀汤、烫菜、切肉，默契绝佳。俩人或许识字不多，但记忆力颇好，客人洋洋洒洒点了七八碟小菜，上菜时未见疏漏，结账时，还能马上说出多少钱。虽说精明，他们的态度和善，面容慈蔼。每个客人很快就能感受到他们的真诚。

　　阿虾煮面总是静静地，随你坐多久都没关系。铁道员兴致一来，还会跟你天南地北地闲扯。大面发夫妇若得空闲，也会过来温馨地问候，"以前来吃过吗？""好吃吗，有无要改进的？""真是多谢你们的光临啊！"

大面发夫妇协力合作，手艺颇受好评。

　　两家紧紧相临的面店，到底哪家好吃，还真难说个分明。菜色大抵相同，价钱公道，也都很卫生，跟其他风景区相较，都是价廉而地道的小吃。

　　我在网络上曾经看过两则留言。一则说："我是当地人，就住在一百阶，从小到大，都是吃最旁边的。"另外则是这样的发言："我住在铁路宿舍，从未吃过大面发的。"

　　我有时在这家吃，有时在隔壁吃。希望两家都能长远经营下去。但我很怀疑，再过三四年，两对老夫妻都难以工作时，下一代是否愿意经营，在这个偏远而荒凉的山谷里生活。

　　我更担心，这座山谷的温暖感觉，将随着这两家面摊的结束，悄然画上休止符。(2007.10)

平溪线的箭竹笋

提及平溪线，除了天灯、铁道和煤矿，不知你还会想到什么？

最近，我沿着这条路线旅行，有了一个新发现。不论在哪个小镇落脚，都会看到老汉老妪三五成堆，长时地蹲坐在骑楼，或者凉亭间。走近细瞧，他们围聚的位置前，总是隆起一堆箭竹。每个人都在忙着剥箭竹笋，闲暇时兼以聊天。

这椿剥箭竹笋的工作，除了寒冬，箭竹笋难发新芽之际，因摘采不到而停歇，其他时节都在进行。放眼望去，整条平溪线，从十分老街以降，迄及终点站菁桐，乃至铁路未及的一坑、二坑等偏僻之壤，都有剥笋的形影，形成此地独特的产业。

以前的认知里，北海岸和花东纵谷才是箭竹笋的最大宗产地，平溪线再怎么轮，都沾不上边。但晚近在此，我却看到一种精彩的生活风味，那是别的箭竹笋产地无从媲美的。

提到这等风味，或许还得从此地笋类的分布谈起。

初时，从物产的分布，我便充满好奇。平溪线的北边是盛产桂竹的双溪，南方则为绿竹遍布的石碇和深坑。但为何夹在中间的小地方，独独成为箭竹的重要生长区？

我大抵有如下的观察：平溪线所经之处大都是狭窄的山谷，山棱更是陡峭，不适合在山坡地大面积栽植桂竹。而几个小镇，居住的泰半是老人，上山工作负荷恐怕过重。再说绿竹笋，需要长时间的施肥、耙土和除草等等细腻的工作，更非老人的体力能够应付。惟有箭竹，不需要太多的照料，最符合此地的条件。

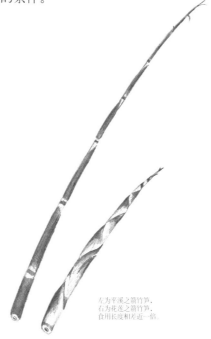

左为平溪之箭竹笋，
右为花莲之箭竹笋，
食用长度相差近一倍

平溪线的箭竹笋

花莲的箭竹笋较平溪线的肥大。

妙的是，他们获取箭竹笋的方式也跟其他地区截然不同。一般都任凭箭竹漫山遍野地恣意生长。等时候到了，再拎个麻袋，钻到林子里摘采。过去，还有采箭竹的笋农，钻得太深，回头时竟找不到出路，迷失于林海中。

此地住家，往往就近在村落附近的空地，辟一块旱地栽植。于是，当游客走出小镇闹街，弯进旁边的小乡道，轻易便发现了一丛丛的箭竹田。同时，邂逅当地人在箭竹田里工作，或者运载着箭竹笋出来。

等有机会就近观察剥笋，我更觉惊奇。此地的剥壳方式很特别，跟北海岸的大异其趣。以前在淡水，看到农人采回去的，不过二十来公

箭笋心和笋壳都是宝，前者贩卖，后者当有机肥。

分。剥壳后，只余十公分左右的笋心。

平溪线的箭竹，却枝枝长达半公尺以上。剥竹的方式更是特别，除了粗硬的竹节，凡碧绿、脆嫩的竹身都保留。半公尺长的箭竹笋，往往可折个五六段，经济效益远大于北海岸的。

这等俭约难免让人疑惑，我不禁指着竹身粗大的部分问当地人，"这样好吃吗？"

他们往往肯定地点头，坚称道："我们这儿的品种不一样，比阳明山的还甜。"

台湾只有两种箭竹，另一种在高山，此地品种和北海岸是否不一

老街旁的箭竹田，乍看仿佛荒废的草丛。

样，我可持保留态度。但说到"甜"的部分，还有为何此地都能摘到半公尺长的笋苗，我倒是看出了点名堂。

老人们剥箭竹笋时，都会把笋壳放置一堆。过不久，箭竹笋剥完，拢聚成堆的空壳也装入麻袋，用一辆小推车，推回箭竹田当肥料，据说这样才能持续长出好吃的箭竹笋。

没想到，在有限的腹地，以及缺乏人力的条件下，他们动脑筋，转个弯，竟发展出此番细腻的农作方式。

但我还想得更深，仔细回顾平溪线，自七〇年代煤矿采集没落后，晚近因天灯再度吸引人潮。这些年节假日时，经常涌动着不少人潮，几

这里那里都在剥箭竹笋。四月至十月，如此景象在平溪线屡屡上演。

条老街上的商家日显活络，惟引进的小吃美食新意不多。

但箭竹笋就有种启发和荣光，不仅带来价值不菲的经济效益，同时兼具了环保永续的精神。其他地区食用箭竹笋，总是把笋壳直接丢弃，很少如此悉心地再利用。这等循环的农耕哲理，自是教人感佩。

我当下买了一包，一斤约一百五十元。相较于台北，便宜许多。当下还就近找了店家，叫一盘加豆瓣酱热炒的箭笋尝鲜。原本，顾虑茎节带有粗糙纤维的生涩之感，未料却出奇地脆嫩。我一边食用，远望着老人们，仍在一角继续剥壳。那箭竹笋的清新，竟也在心里，悄然溢出了一丝微甜的幸福。（2007.11）

宜兰线上的火车便当

　　冬末时，搭乘火车去花莲，接近宜兰线的头城时，突然听到列车长广播，大意如下："本列车便当已经卖完，列车上若有便当零售，非本局之便当，若乘客购买，恕不负责。"

　　这句平时列车广播里不会出现的话，马上引发了我的兴致，随即起身，寻找卖便当的人。我在台北车站就买了一个，刚吃饱不久，并不饿。但我还想再买一个。我不只要买，还要看看卖便当的人，是不是以前认识的，那位卖冰淇淋的欧利桑[1]。

　　这位欧利桑，铁道作家吴柏青在《搭火车游台湾》里面介绍过。姓黄，是礁溪人，在火车上卖冰已有三十多年。你若搭乘宜兰线和平溪线的火车，看到一位拖着圆筒形冰淇淋推车的人，筒子上的黄色牌子写着"阿宗芋冰城"，八成就是他了。

　　如果没有算错，他应该已经七十二岁。去年，我带一群孩子在侯硐等火车时，买了十几球。他才乐得跟我谈天，闲聊自己的铁道工作经历。

　　不过，千万别以为他是铁路局的员工。他是跑单帮的。每天一早买

---

[1] 欧利桑：日语中对老先生的称呼。

张礁溪到汐止的票，老人票，半价。靠着这张票，他不断地搭火车来回，上下月台。时而莒光、复兴，时而区间、普通，平均一天，在这段路线来回三趟。平常只做宜兰线的生意，星期假日时兼做平溪线。

　　卖冰淇淋有季节性，通常三月至十月。天冷了后，就换卖便当。但便当不像冰淇淋，非得向头城的冰店批发。他选择自己做。毕竟，买人家的卖，成本高达四十元，不划算。自己做的，不过二十五元左右。按一般行情卖五十元，赚到的利润就多了。说到这冬天便当时，欧利桑眉飞色舞，神情真教人难以忘怀。

　　二十五元成本的冬天便当会是什么形容呢？我十分好奇，想亲自买一个瞧瞧，因为最近带小朋友玩火车之旅，其中一堂就是"火车上的便当"。我猜想，刚刚列车长广播的可能就是他。

在宜兰线火车上买到的福隆月台便当，多为这家发记制作的。

冲着千禧年而购买的纪念便当。

泰安站的桧木便当很抢眼，不过，不会有人舍得使用吧。

　　在这之前，我们已经追随了好一阵铁路便当的热潮，买过不少地区的纪念饭盒，譬如台铁千禧年的铁盒便当、泰安火车节的桧木便当。甚至，还去台北市区的街上买了最近流行的头份"车头便当"。

　　买台铁的，理由很庸俗，只是想在千禧年搜集一个圆形的铁路便当盒。要泰安的，则是纯粹喜爱那木头的方形饭盒。客观地评断，头份"车头便当"的滋味，教人最想再三眷顾。有趣的是，头份无火车经过，亦无车站。哪来的"车头便当"。原来，它指的是公路局的车站。三十几年前，头份可是南下北上的必经之站，便当行业之竞争自可想像。

　　但无论是哪一种，铁路便当还是得在火车上享受，随着火车的律动，才有意思。再者，这几款便当，要不价钱偏高，要不就是菜色过

宜兰线过了石城站，就可以望见海。天气晴朗时，龟山岛清晰可见。

黄老先生也是特殊风景，现在似乎见不着他了。

少，难以享受物超所值的快乐。

　　我们搭乘宜兰线和花东线旅行，购买池上或福隆便当时，才能全然体会这样的乐趣。

　　上"火车上的便当"课时，我也特地带孩子们，远到福隆去体验福隆便当。出发前，为了清楚分辨各家滋味，一大早，我就慎重地先试吃一个台北车站的台铁便当。在福隆，大家只吃"福隆月台便当"。但老师必须以身作则，于是我又吃了车站左边的"乡野便当"，以兹比较。如此情形下，你能想像，一个人在中餐前吃了三个铁路便当吗？

　　台铁的传统排骨便当售价六十元。不论是台北、台中、高雄、花莲站或车勤服务部制作的，通常只装了五六道菜肴。菜色冷清，而且几乎都是暗褐之色泽，一如台铁的售票服务，不易感受到暖意。

以前平快车车窗可以开启，购买福隆月台便当很方便。

　　至于福隆便当，通常只卖五十元，铝箔纸盒装的，含九道菜色，面相丰富远胜一筹。寻常有卤蛋一颗、香肠一片、瘦肉一片、五花肉一片、豆干一片，些许高丽菜、酸菜、菜脯，以及最重要的代表——鸡卷。

　　比较有意思的差别在卖的位置。台铁便当多半摆在车站大厅或候车室旁的福利社。由一名忙着贩卖各种物品的小姐，从透明、冰冷的玻璃柜子或桌面拿出，一手交钱，一手交出发票和便当。有时则是在拥挤的车厢，跟你手忙脚乱地银货两讫。

　　福隆的便当则是在月台上，当火车抵达福隆站时，三两妇女拎着长方形的篮子，沿窗口兜售。便当盒都用条毛巾小心地覆盖着保温，交到你手上时，总传送一股暖流。

　　至于哪一种好吃呢？那次我特别问了，有位小朋友的形容相当生动，"台铁的便当像学校的午餐，但福隆的比学校的好吃。"小朋友的话算不算准确呢？端赖各位评断了。

说来也真巧，那天竟一直走到车尾，才看到卖便当的人。那人背影纤瘦，吃重地拎着便当袋，似乎卖不出去，倚靠在车门快要下车了。远看有点像欧利桑，但接近时，他正巧回头，是一位皮肤黝黑瘦小的年轻人。长相像失业很久的样子，把台湾最近的不景气都刻画在脸上。列车长广播后，似乎就没人敢买他的便当了。我慢慢靠近，掏出五十元的铜板时，他竟有些不敢相信。

未见到欧利桑，难免有些失望。回到座位，望着便当，开始猜想里面会是什么样的菜色呢？那时候向欧利桑打听，大概是一块卤肉、半个卤蛋、一块豆干、一块腌萝卜、一些酸菜，如此零零总总，搭配白饭。

是不是，现在失业率高，很多人也开始在火车上抢便当生意了？手上的也是二十五元成本的？甚或更低廉？想起欧利桑精打细算的快乐，再想起福隆便当的美味，我竟有些不敢开启了。（2000.12）

多齿新米虾

大埤、小米虾和池上便当

光复初年，放置在月桃叶上，三角形的手工饭团，不知是如何的典雅形容。从高山下来，吃着池上车站前购买的，两家相近的木盒便当时，我忽地想起近乎一甲子前，在此贩卖的饭团。

这种池上便当最早的前身，任何旅人若看到，相信也都会流口水的。它的内容如下：黄萝卜、梅子、烤肉、瘦肉片、猪肝、炸虾饼、蛋饼。此外，还有卜肉！但最让我感到激动的菜色，大概是混在虾饼里的小米虾了。

我翻拨着买来的两个便当，虽然米粒个个滑润，十种菜色亦色泽饱

第一代的池上便当是饭团，里面有小米虾饼。

大地便当的米粒特别香Q，在品尝过的池上便当里，我对此米饭的评价最高。

往花莲之台9线

池畔驿站的主人也是当
地池上米的专家，对有
机农业颇有见地。

这里有一家素食饭包，
叫吉祥轩。

家乡饭包店

悟饕池上便当，楼上
是便当博物馆，绝不
能错过。

池上车站

陈协和米店

全美行是最早的
池上便当创始店

池上书局

大地饭店的池上便当，风
评不输全美行和悟饕。

大坡池曾经栖息着
丰富的小米虾。

池上多力米故事馆，里
面有旧时的碾米机器。

往台东

满，仿佛地方物产都到齐了。只可惜，就是找不到小米虾。记忆里，每回来这儿买便当，也从未看过小米虾饼。

为什么要特别找小米虾呢？原来，小米虾是附近大坡池的特产。池上之名，池上之米，都和这历史著名的大埤息息相关。过去经过池上，往往都会顺路拐个弯，瞧瞧这个大池的状况。

大坡池系由地下涌泉汇集，形成花东纵谷最大的淡水沼泽湿地。日治时代，植物学者已经来此调查自然资源了。大坡池早时非常辽阔，据说比现今的大上好几倍，湖上常有竹筏人家，撑着竹篙在池面上梭巡，采摘蔬菜，捕捉鱼类。撑游竹筏的经验，也成为当地老人家最怀念，且朗朗上口的美好记忆。

三角饭团出现时，它是知名的台东八景，当时的池上乡有七十多户人家，靠着大坡池捕鱼虾养鸭为生。只是大坡池的风光迅速不再。一九七〇年代，几次大台风造成池水日浅，加上水利单位围湖辟田，导致水域面积急剧缩减，短短十余年光阴，竟沦为三四公顷的小湿地。

到了一九八六年前后，大坡池更是严重陆化，剩下的面积还不到两公顷。为何特别记得这一年？原来，那时台湾的赏鸟活动正兴盛，台东的鸟友邀我到大坡池。他们把这座池子视为台东湿地环境的重要典范，水鸟栖息种类之丰富，媲美台北的关渡沼泽区。那时，大坡池面临消失的危机也一如关渡，抢救湿地之声此起彼落。

我也在那时知道了小米虾，学者取的正名叫多齿新米虾。当地人随便从池子里拎起一棵布袋莲，下面浓密的根须，就藏匿着许多小米虾。但晚近去观察时，同样的动作，总是好不容易才找到一二只。这是池上便当后来没有小米虾的主因。小米虾不再丰富，源自于大坡池的生态全然改变了。

九〇年代时，县政府拟订了大坡池风景区的发展计划，以观光游憩为名大兴工程。此后池边全面增建设施、砌石填土。不但人工岛堵住了涌泉，大面积的卵石砌岸也取代了自然风貌。情况之险恶，不输早年池面缩小的危机。结果，非但观光的效果未达成，当地人对大坡池的感情也被封死了。

直到最近，经过一番检讨，采用当代流行的减法工程，去除掉一些碍眼、大而无当的建筑，大坡池才逐渐恢复过去的景观。如今红色拱桥、露营区等都消失了。靠近东侧的池边则兴筑了枕木步道，同时栽植了许多特有水生植物。一个保持原始农村风貌的池面，开阔而美丽，依傍着阡陌水田，以及远方的高山云海。大坡池因而额外的清亮，焕发着

绮丽田园的风貌。相对于花莲鲤鱼潭周边拥挤的商家，此间池边零星的公共建筑，反而让人愈发珍惜了。

惟有池里面的荒岛，依旧存在，成为争论的焦点。当地人士解说后，征询我的意见。我有些为难，毕竟自己只是过客，观察难免不够周全。勉强只能提出两个看法：

"步道是否太接近池边了？"

"能不能保持岛上的荒凉？"

我一路绕着湖岸，不论是走在过去的水泥步道，或者是现今的枕木步道，都觉得太接近岸边。这对一个湖泊的压力太大。按现在的生态理念，步道可以距离远一点，有些地方可以适时绕到内陆的林子，增加曲折，让池水和陆地有更缓和的接触空间。同时，局部的步道可以栽植

在池上到处可见稻田开阔，水圳蜿蜒的秀丽风貌。

适合的植物，形成隐秘的空间，多数动物才会将这儿视为可以久留之环境。

荒岛是过去大兴土木滞留下来的废弃物，有些当地人士积极地主张铲除，恢复成旧貌。但我以为，挖走大量沙土，必须花费庞大的经费，而且施工期间难免对生态环境有所冲击。还不如，保留小岛，让它荒凉，或局部改变地理，切割小岛成三四区块，形成岛中之岛。时日一久，反而会吸引其他动物的到来，尤其是罕见的秧鸡科和鹭鸶科鸟类。

小岛和隐秘空间的局部形成，或许不是原来大坡池的既有面貌，但这样的设计，更贴切地接近当代对湿地功能的期待，也让旧有的大坡池引发一个新空间的思维，和社区进行下一波文化风物的互动。说不定，小米虾的池上便当也会在这个悄然变革的过程里，重新复活。(2005.8)

愈烧愈旺的奋起湖老街

两年前一场突然冒出的火灾，让老街后半段焚毁不少，但奋起湖似乎愈烧愈旺了。

被形容为老鼠走道，短短不及两百公尺的狭小老街，如今更加挤得水泄不通。以前，节假日时，游览车还可直接开抵铁路边的牌楼停靠，让游客从容下车。现在，娴熟的司机都生怕陷入壅塞的车阵，坚持停靠在镇外的停车场。

这样也好，游客自个儿循后面的蜿蜒小巷，浏览着长满龙须菜、树番茄的老圃菜畦，也有了缓步摸索的乐趣。

过去由石桌沿公路进来，当地人栽植的龙须菜一路蔓发，如今老街周遭也常蔚然成片。打开奋起湖便当，即可见这道时令菜肴。树番茄则是晚近栽植，迅速繁殖的外来种。近端午了，街上到处可见贩卖，巷弄间的空地也有一株株，以小乔木的硬朗挺立，垂挂着火红的果实，俨然成为此间最具代表性的果物。

坐落于山谷间的奋起湖，大致以铁道和老街为主干。铁道在上，老

通往神社遗址的步道，是瞭望奋起湖小镇的最佳地点。

街于下，相互平行，其他街衢巷弄再各自纵向，衔接这两条主干。小巷幽静弯曲，素朴而干净。再加上错落的石阶，难免让人联想到九份之类的山城。

火车来时，最是热闹。火车一天不过泊靠三四回，游客们听到轰隆声，多半会从下方的老街冒出，挤到月台凑热闹。整个村镇的活络，似乎因而更沸腾了。上下车的游客，卖便当者，以及观看的人潮，混乱喧阗，常使月台和周遭变得像拥挤的嘉年华会。这般繁嚣，总要等火车离去了，游客们又缩回下方幽暗的老街，才告歇息。

那像是滚开的水，转为小火，继续蒸发的状态。百年来的奋起湖，仿佛都是这样，称职地扮演着阿里山铁道的中途站。

但四五年未访，却发现老街还是有了鲜明的转变，尤其是两年前火灾的洗礼，导致老街的美食出现快速的递换。好些特产和小吃都消失了。比如，曾经短暂出现过的舂箕饼，现在少有人听闻了。节假日时，寻常出现的草仔粿，也未再出来摆摊。一间旅游指南特别推荐的水饺店更不知何故，闭门深锁许久。

值得庆幸的，声誉卓著之便当，还是有其屹立不摇的地位。爱玉子、公婆饼和火车饼，迄今仍是这儿的特产。因而到了这儿，若不吃一二个便当，喝个爱玉子，或者买三四盒礼饼，仿佛没来过。

以前，我也常推荐火车便当。比如街头的奋起湖大饭店火车便当，以卤鸡腿为主角，众所皆知。老街尾的阿良铁枝路便当，以红糟肉起家，晚近也逐渐受到饕客赞赏。

但无论哪一家，每回来，老是吃便当，好像翻读相似的怀乡文章，不免渐感疲惫。其实，便当的内容早该革命了。早年搭火车经过奋起湖，难免担心之后的行程，吃饭无着落，加上生活简约，火车便当的分量自然受到期待。

只是，现今阿里山风景区餐厅小吃林立，早已不愁吃喝。沉甸的米饭便当，固然充分满足大食量的饕客，对一般游客而言却很伤脑筋。吃光便当，不仅肚腹撑得难受，还得拒绝其他美食，不吃完又暴殄天物，真是何等折磨。奋起湖便当的未来，不妨增添小型米饭餐饮，一解游客的怀乡，身心也无负担。

再者，愈来愈多人享用火车便当，恐怕也会在乎，食材能否反映地方特色，研发出创新的美味。火车便当的怀旧乡愁，在食材上的突破，显得迫切需要。

这次去，正逢桂竹笋季，原本期待，抵达现场，喝到新鲜的竹笋汤，未料餐厅提供的汤料，竟是腌渍过了的桂竹笋片，大大地折损了直抵产地品尝第一手食材的雅兴。

我因而严苛自己：第一次到奋起湖，吃便当很上道，第二回再去，若还吃便当就是蠢蛋了。反观老街因为竞争激烈，出现了更多样的美食。搁下便当，空个肚子逛街，寻觅各种小吃，更能享受到游逛的乐趣。

话说这条老街的饮食竞争，或许是其他老街难以想像的激烈。其他老街，我们还不难看到二三家卖着同样特色的小店并立着。在此除了坐

老街小吃琳琅满目：爱玉子、树番茄、混蛋、春卷冰淇淋、酱菜、便当、火车饼，传统的、新兴的，任君挑选。

阿良铁枝路便当以红糟肉为独家特色，
过去是采茶妇人常订的饭盒。

落不同弄衢不同配料的便当，每家小店都有自己的食材内容。纵使是传统老店，都努力地研发新的物产，提供游客再度走访的惊喜。新近的一些小吃，似乎也是朝这样的面向发展。外行的人看到的是便当，内行的人看到的应该是这些小吃的创意。

比如，这几年崛起的铁蛋。据说是卤完风干，再卤。如此反复六七天，充分地渗进了茶叶和蜂蜜的滋味。试吃软皮的口味，不免惊叹其滑嫩，硬皮的也比淡水的阿婆铁蛋清淡，少了浓咸之虞。

还有一家茶叶皮蛋小摊，采用台南盐水鸭蛋，以中药、茶叶浸泡两个月，再用红土把鸭蛋包起来。虽然半信半疑店家真有这种用心，但试吃，还真吃到一种过去未曾经验的清香。

山猪耳草散布在糕仔崁古道旁，叶大而厚实，很适合用来包粽子。

我还邂逅一摊街尾的春卷冰淇淋。花生酥是从北港带来的，整个制作过程干净明快，内容还考虑到不会过度甜腻，那种讲究仿佛在当代摩登大街，才有这等包装。

有位老妇也把竹崎的水晶饺特产带到这儿，以树薯和竹笋等材料，现场制作、蒸煮。馅料不输山下的口味，外皮的嫩度也合宜。

更有一家过去以卖手工豆腐出名的店家。店内的招牌，以冰凉的新鲜豆腐，沾上现磨山葵，吸引游客光顾。现在还研发了健康的豆渣饼：以豆渣加上面粉、红萝卜、玉米、韭菜、洋葱等，慢火油煎，烘出可口的圆饼。

桧木咖啡也是最近风行的饮品。老街的文史工作室首开这种创意的冲煮方式。端上来的咖啡里面，掺了一块称为"桧木花"的薄片桧木，咖啡杯上再盖上一片桧木。经过数分钟的浸酿，桧木香味四溢。

新兴的小吃流动而多变，很有可能在下回走访时，因为生意不好而收摊。但是新的摊贩又会继续取代，引进新的物产。在老街走逛，最大的享受，就是这种小件小物的浏览和采买学，享受丰富而多样的吃喝玩乐。

其实，在奋起湖还有两项重要的物种，值得寻访，如今却殊少人提及。它们是阿里山十大功劳和山猪耳。十大功劳是著名的中药，阿里山到处可见栽植。奋起湖外围的菜畦，偶尔也会看到这种特殊物种，老街却无此类药茶的研发产品。山猪耳则分布在糕仔崁古道附近，似乎很少利用了。我很期待，有朝一日能够在老街买到一颗山猪耳包裹的粽子，那是端午时节当地居民习惯的食物。

此外，阿里山山区盛产茶叶，紧邻的石桌更是盛名的茶区，但奋起湖老街始终未闻茶叶踪影，颇教人不解。一条被茶园包围的老街竟无茶店出现，那诡异也真值得寻思了。(2006.10)

活在铁路便当下

从台北车站搭乘台铁或高铁，若是中午时分，总想买个铁路便当。

车站的餐饮如今多元丰富，为何专挑它？其实，并非它比较好吃，而是难得吃到吧。再者，处于那样的旅行状态时，除了铁路便当，其他食物似乎不容易搭配铁道情境，因而就甚少考虑了。

另外，还有几种似是而非的说法。

其中一则很吊诡，听说拥有这种铁路便当情结的，多半是上了年纪的人。年轻时，经常搭乘火车南下北上，习惯了以便当果腹，现今仍旧眷恋。

台北六十元排骨便当，我最常吃！

愈烧愈旺的奋起湖老街   219

还有一种说法更夸张。以前上了火车，因为人多，等到餐车挨近时，便当经常售罄了。日后怕挨饿，干脆就先买了。这种买不到便当的恐惧，迄今仍潜意识的存在。

　　记忆中的铁路便当，多半以排骨为主菜。过去，偶尔还见过卤鸡腿和鱼类。配菜则以酱瓜、红枝、黄萝卜等腌渍小物，搭配卤豆干、香肠、鸡卷之类。大抵而言，鲜有绿色时蔬，不符合现今的养生观。

　　如今，物价指数节节上涨，铁路局的传统排骨便当却始终维持六十元售价，虽然分量不若从前扎实，仍不免让人感受，经常误点的台铁也有其良善的一面。有时我都觉得，自己会去买铁路便当，支持的就是这种廉价的精神呢。此外，买这种最便宜的便当，大抵有种感觉：吃它，好像在吃一种回忆。

台北一百元排骨菜饭便当。
喔，对不起，咬了一口，才记得拍照。

台中八十元排骨便当，
感觉时蔬多一些。

或许是迫于物价成本，几年前，铁路局推出八十元的便当，里面多了一些炸肉片和新鲜蔬菜之类，菜色明显加料。便当有等级之分时，好几回，我坐在自强号上，看着享用八十元级的人，流露一种仿佛拥有名牌衣物的神情。这种八十元的骄傲，总教人发噱。

　　惟六十元的基本款还是普罗大众的最爱，造访台北的台铁便当本铺，不难发现它的陈售数量独占鳌头，从早到晚皆有。至于八十元的加料版，因制作数量不多，遇见的机会殊少。此后，铁路局似乎嗅闻出便当商机，陆续研发多款百元级便当。

　　其中，一百元的排骨菜饭便当，据说便卖得吓吓叫，已经成为台北车站的美食。有些人不坐火车，还专门跑来购买。有时搭配活动，铁路

花莲六十元排骨便当，便当盖很有气质，但这是哪一条河呢？

局也推出纪念款便当，价钱豪华，竟也造成排队风潮。铁路局贩卖便当的利润，说不定比一些火车路线赚的还多。开个玩笑，哪天火车干脆不要跑了，省得老是因误点而挨骂，专卖几种有口碑的便当，或许比较轻松。

我吃铁路便当，有一不疾不徐的习惯。不论在哪一个车站，购买之后，都先研究一番。食用前，先抄录菜色。什么福隆、池上或奋起湖，凡铁路便当之内容以及价钱，我大抵有一个小本子，条列清楚。

我更大的乐趣是，追探便当的食材来历。千万可别小看里面的菜肴，即使是什么红枝、酱瓜，可能都有特别来头。有时聆听店家的叙述，都不免惊奇他们的费心。比如，知名的池上全美行便当，选用成功出产的柴鱼熬煮成一道小菜；又或福隆便当里头的鸡卷，有的店家特别

台北一百二十元鳗鱼便当，
买不到菜饭便当的无奈选择。

选自宜兰，因为那是当地出名的小吃，有的则偏爱瑞芳制作的，据说香气十足。

这等对待小物的悉心，不易被旅客察觉。更可惜的是，制作便当的人，似乎也忽视了这等食材的包装美学，可能会带来更大的商机。日本便当之所以迷人，大抵便是什么都讲求，每一种都要追本溯源，好让这一餐吃得满是意义。

话说回来，台北车站的铁路便当虽有口碑，其他几站就要靠运气了。台中车站贩卖的八十元便当倒是充满文化气息，纸盒外貌印制着日治时代火车站前的广场。排骨之外，还有时令青菜、酱菜、海带，以及花生小鱼干。比传统的排骨便当丰盛，但风味就见仁见智了。

有一回，在高雄新左营车站搭乘高铁北上时，我注意到那儿并无传

台北八十元卤鸡腿便当，比较少见。

统的铁路便当，只卖一百元菜饭便当。它的菜肴和台北的略为不同，米饭扎实如砖块，而且竟寄托在 7-11 商店里。菜肴滋味尚可，只是排骨如同嚼蜡。我只买过一回，就失去购买第二次的勇气了。

台北车站的菜饭便当就不一样了。青江菜饭，加上卤排骨和卤蛋，口味不说，整体呈现的细致就值得大大称许。这等排骨菜饭，仿佛是美食当道下，发展出来的普罗美食，俨然有取代六十元排骨饭之态势。

所幸，台铁仍有所本。就像车种宜有快慢，便当亦然。传统排骨便当依旧坚持六十元的价格，我觉得那是一种品牌的坚持，一种中流砥柱的简朴象征。

我因这样的感动，坚持只买六十元的，坚持在快速的高铁，继续享受这种旧时的滋味。吃了它，感觉好像还活在某一个节约刻苦的年代，那是集体奋发的味道。一边吃着，一边坐在快速的高铁上南下，好像传统和科技文明可以共存。这等情境，传统排骨便当最为实在。(2007.12)

文 景
社 科 新 知　文 艺 新 潮
Horizon

11元的铁道旅行

刘克襄 著

出 品 人：姚映然
策划编辑：刘宇婷
责任编辑：田肖霞
装帧设计：肖晋兴　高　熹

出　　品：北京世纪文景文化传播有限责任公司
　　　　　（北京朝阳区东土城路8号林达大厦A座4A　100013）
出版发行：上海世纪出版股份有限公司
印　　刷：北京汇瑞嘉合文化发展有限公司
制　　版：北京大观世纪文化传媒有限公司

开 本：710×990mm　1/16
印 张：14.5　　字 数：74,000　插 页：2
2011年3月第1版　　2016年5月第4次印刷
定 价：45.00元
ISBN：978-7-208-09775-9/I·860

图书在版编目（CIP）数据

11元的铁道旅行/刘克襄著.—上海：上海人民
出版社，2011
ISBN 978-7-208-09775-9

I.①1…Ⅱ.①刘…Ⅲ.①游记-作品集-中国-
当代 Ⅳ.①I267.4

中国版本图书馆CIP数据核字（2011）第000486号

本书如有印装错误，请致电本社更换　010-52187586